Lernkrimi Italienisch

Il morto senza nome

Alessandra Felici Puccetti
Tiziana Stillo

circon

Baierbrunner Straße 27, 81379 München
Ausgabe 2019

Redaktion: Isabella Bergmann
Fachkorrektur: Erica Dinale
Produktion: Ute Hausleiter
Titelillustration: Karl Knospe
Lernkrimi-Logo: Carsten Abelbeck
Gestaltung: red.sign GbR, Stuttgart
Umschlaggestaltung: red.sign GbR, Stuttgart

ISBN 978-3-8174-2154-1
381742154/1

Besuchen Sie uns auf Instagram und Facebook:
lernkrimi

www.circonverlag.de

Vorwort

Liebe Leserin, lieber Leser,

sicher zum Lernerfolg – mit Spaß und Spannung! Die Compact Lernkrimis mit ihrer Kombination aus fesselnder Lektüre und didaktischem Übungsanteil eignen sich hervorragend, um breite Sprachkompetenzen in der Fremdsprache zu erwerben. Der Lernende wird dabei durch die spannende Handlung, das angemessene Sprachniveau und den stetig ansteigenden Schwierigkeitsgrad der Übungen gefördert und motiviert. Ein ausführlicher Abschlusstest ermöglicht das Wiederholen und Festigen des Gelernten. In einem alphabetischen Glossar am Ende des Buches sind noch einmal übersichtlich alle Vokabeln zum Nachschlagen aufgelistet.

So lernen Sie mit Compact Lernkrimis:

- **Mit Begeisterung lernen:** Die packende Krimihandlung motiviert Sie beim Lesen des italienischen Originaltextes.
- **Wissen intensivieren und erweitern:** Durch die Kombination aus didaktisch aufbereiteter Lektüre und textbezogenen Übungen testen und trainieren Sie Ihre Sprachkenntnisse effektiv. Vokabelangaben auf jeder Seite unterstützen Sie beim Lesen.
- **Systematisch lernen:** Knüpfen Sie an Ihr individuelles Sprachniveau an und setzen Sie sich eigene Lernziele.
- **Unabhängig sein:** Lernen Sie individuell — wo und wann Sie wollen.

Viel Spaß beim **spannenden Erlernen der italienischen Sprache** wünscht Ihnen

Prof. Dr. Christiane Neveling
Didaktik der romanischen Sprachen, Universität Leipzig

Inhalt

Il morto senza nome

Tiziana Stillo

1 Un pomeriggio in campagna

È un **luminoso** pomeriggio di metà maggio. C'è il sole e il cielo è azzurro. La campagna toscana è verde e profumata.
Due ragazzini, Matteo e Flavio, giocano con il loro cane Zorro. In realtà il cane è di Matteo, ma i due amici sono sempre insieme, quindi Flavio è praticamente il secondo padrone di Zorro.
Matteo e Flavio sono vicini di casa, hanno undici anni e vanno nella **stessa** scuola.

campagna *f*	Land
luminoso	hell
stesso	der-, die-, dasselbe
lanciare	werfen
palla *f*	Ball
urlare	schreien

"Fai attenzione, Zorro. Adesso **lancio** questa e tu la vai a prendere, va bene? Uno, due e ... tre! Vai! Vai, Zorro!"
Il ragazzo lancia una **palla** per cani.
L'altro **urla**: "Corri, Zorro! Corri!"
Il cane corre.

> Im Sommer haben die Schüler in Italien drei Monate **Ferien**. Dafür sind während des Schuljahrs kaum freie Tage: Abgesehen von zwei Wochen Weihnachtsferien und fünf Tagen Osterferien geht man von Mitte September bis Mitte Juni quasi durchgehend zur Schule.

"Ancora quattro settimane e poi tre mesi di vacanze[i]!" dice Matteo.
"Non vedo l'ora![i]" risponde Flavio.

> Der Ausdruck **non vedere l'ora** drückt Vorfreude aus.
> Auf Deutsch kann man dies mit *es kaum erwarten können* wiedergeben.

Esercizio 1: Articolo. **Lesen Sie weiter und ergänzen Sie den bestimmten Artikel!**

1. __*Il*__ cane riporta **2.** ______ palla.

3. ______ ragazzi gli fanno **4.** ______ complimenti.

"Bravo, Zorro!"

5. ______ cane è felice. È pronto per una nuova **corsa**.

"Ancora?" domanda il ragazzo. "Ecco: uno, due e tre! Via!"
Il gioco **si ripete** alcune volte, ma a un certo punto il cane non torna più. Passano cinque minuti.
"Perché Zorro non torna?" domanda Matteo.
"Forse non trova la palla," risponde Flavio.
"Zorro! Zorro!"
Da lontano sentono che Zorro **abbaia**.
"È lui!" dice Matteo. "Zorro! Torna indietro!"
Il cane continua ad abbaiare.
"**Secondo me** ci sta chiamando," dice Flavio. "Vuole farci vedere qualcosa."
"Andiamo. Il suono viene da quella parte."
I due ragazzi corrono. Dopo un po' arrivano davanti a un vecchio **casolare abbandonato**.
Le finestre sono **ormai** solo dei **buchi** nelle **pareti** vecchie. **Tutto intorno** una **fitta boscaglia**.

corsa *f*	Rennen
ripetersi	sich wiederholen
abbaiare	bellen
secondo me	meiner Meinung nach
casolare *m*	Landhaus
abbandonato	verlassen
ormai	nun, mittlerweile
buco *m*	Loch
parete *f*	Wand
tutto intorno	ringsum, rundum
fitto	dicht
boscaglia *f*	Gehölz, Dickicht

"Zorro è lì dentro," dice Matteo. "Ma come facciamo a passare? È pieno di **cespugli**. Zorro! Vieni fuori!"
Il cane continua ad abbaiare ma non esce.
"Guarda, possiamo entrare da questa parte," dice Flavio. "Qui c'è un po' di **spazio**, dobbiamo stare attenti a non **graffiarci**."
"Ahi! Che male! Mi sono graffiato. Zorro! Ma dove ci porti?" dice Matteo.
Entrano nel casolare e vedono il cane accanto a qualcosa. Sembrano vestiti vecchi e **impolverati**. Zorro **guaisce**.
I due vanno vicino.
"Zorro, che c'è? Sono solo vestiti vecchi!" dice Matteo e **accarezza** il cane.
"**Oddio**!" esclama Flavio. "Ma quello è un **teschio**!"
"Che cosa?!?"
"Guarda lì! È un teschio, un teschio umano!"
"Oh mamma mia! È vero! Andiamo via!"
"Aspetta! Dobbiamo chiamare la polizia."
"Io..." Matteo mette le mani nelle tasche dei pantaloni. "Io ho lasciato il **cellulare** a casa."
"C'è il mio ... Ecco... **Accidenti!** Qui non ha **campo**!"
"Andiamo, dai! Non voglio **rimanere** qui. Vieni Zorro," dice Matteo con voce nervosa.
I ragazzi escono dal casolare e corrono verso casa.

cespuglio *m*	Busch, Strauch
spazio *m*	Raum, Platz
graffiarsi	sich (auf)kratzen
impolverato	verstaubt
guaire	winseln
accarezzare	streicheln
Oddio!	Oh Gott!
teschio *m*	Schädel, Totenkopf
cellulare *m*	Handy
ϟ **Accidenti!**	Verdammt!
campo *m*	*hier:* Empfang
rimanere	bleiben

Ahi! und **Ahia!** sind Ausrufe bei plötzlichem körperlichen Schmerz und entsprechen dem deutschen „Aua!" oder „Autsch!".

Esercizio 2: Plurale. **Setzen Sie die Wörter mit dem bestimmten Artikel in den Plural!**

1. il ragazzo ___*i ragazzi*___
2. l'amico ________
3. il cane ________
4. la finestra ________
5. la parte ________

Il commissario(i) Laura Spoletti è in **sala riunioni**. C'è una giornata informativa per **aspiranti** poliziotti. Sta per finire il suo **intervento** quando entra l'ispettore Gaiolo. Dal suo **viso** si vede che è qualcosa di **urgente**. L'ispettore le va vicino e parla piano.

"Commissario, mi scusi se La **interrompo**. C'è una chiamata. È un ragazzino, dice che il cane del suo amico ha trovato un teschio umano. Non mi sembra uno scherzo, il ragazzo è molto **agitato**."

"Arrivo subito, Gaiolo. Qui ho finito. Germi può rispondere alle domande."

sala *f* **riunioni**	Sitzungsraum
aspirante	angehend
intervento *m*	*hier:* Redebeitrag
viso *f*	Gesicht
urgente	dringend
interrompere	unterbrechen
agitato	aufgeregt, unruhig
rivolgersi	sich wenden

Il commissario **si rivolge** di nuovo al pubblico.

"Signore e signori, come vedete il lavoro di un poliziotto

(i) Die maskuline Bezeichnung **commissario** wird auch für Frauen verwendet.

è pieno di **imprevisti**. Devo lasciarvi per un'**urgenza**, ma il mio collega[i], l'ispettore Silvio Germi, può rispondere a tutte le vostre domande. Spero di rivedere molti di voi come futuri colleghi. Arrivederci."

imprevisto *m*	Unvorhergesehene(s)
urgenza *f*	Notfall

Der Genus des Substantivs **il/la collega** wird im Singular nur vom Artikel verraten, denn die Endung bleibt unverändert. Im Plural hingegen ist es unterschiedlich: *i colleghi (m)* und *le colleghe (f)*.

I giovani applaudono.
Il collega prende in mano la situazione e chiede: "Dopo tante informazioni è arrivato il momento delle vostre domande. Prego!"

Esercizio 3: Sostantivi. Leiten Sie von jedem Verb das Substantiv ab und fügen Sie den bestimmten Artikel hinzu!

1. domandare *la domanda*
2. rispondere ____________
3. lavorare ____________
4. informare ____________
5. salutare ____________
6. chiamare ____________

2 Indizi importanti

Das toskanische Hügelland zwischen Pisa und Volterra nennt sich **Colline Pisane** (pisanische Hügel). Es handelt sich um das westlichste Chianti-Anbaugebiet.

Il sole sta per **tramontare**. Il cielo si colora di arancione e il **paesaggio** delle Colline Pisane sembra quello di una **cartolina**. Il commissario Spoletti è dentro il casale abbandonato. Insieme a lei ci sono l'ispettore Gaiolo e i colleghi della **polizia scientifica**. Uno degli **investigatori** dice:

"Lo scheletro è completo. Non era visibile a causa della **polvere**. Il corpo è stato qui a lungo, almeno due o tre anni. Abbiamo trovato una **corda** a forma di **cappio**. Pensiamo ad un'**impiccagione**."

"Un **omicidio**?" domanda Gaiolo.

"O un **suicidio**," risponde l'investigatore.

"Si capisce se è un uomo o una donna?" domanda il commissario Spoletti.

tramontare	untergehen
paesaggio *m*	Landschaft
cartolina *f*	Postkarte
polizia *f* **scientifica**	Spurensicherung
investigatore *m*	Ermittler
polvere *f*	Staub
corda *f*	Seil
cappio *m*	Schlinge
impiccagione *f*	Erhängen
omicidio *m*	Mord
suicidio *m*	Selbstmord

Adjektive mit dem Suffix *-bile* drücken eine Möglichkeit aus und sind mit dem deutschen „-bar" vergleichbar. Z. B.: **visibile** (sichtbar), *raggiungibile* (erreichbar), *incredibile* (unglaublich).

"È difficile dirlo. I vestiti sono molto **usurati**. Dobbiamo aspettare le analisi di laboratorio."
Un altro agente dice:
"Abbiamo finito con le foto, possiamo portare via tutto."
Poi parla con il commissario:
"Le facciamo arrivare i risultati delle analisi appena possibile."
"Grazie," risponde il commissario. "Andiamo, Gaiolo ⓘ. Per oggi abbiamo finito."
I due escono dal casale. L'ispettore Gaiolo domanda:
"Che ne pensa, commissario?"
"È incredibile: un corpo è rimasto lì anni e nessuno **si è accorto di** niente."
"Quel vecchio casale, così coperto da tutta quella boscaglia non si vede bene."
"Questo è vero," risponde il commissario con un **sospiro**.
"Dobbiamo consultare l'**elenco** delle persone **scomparse**." dice l'ispettore.
"È inutile se non abbiamo dati più precisi. Dobbiamo almeno sapere se **si tratta** di un uomo o di una donna. Comunque non mi sembra un caso facile. Con i resti in quelle condizioni è difficile dare un nome al morto in tempi brevi. Bisogna essere molto fortunati."

usurato	abgenutzt
accorgersi di	(be)merken
sospiro *m*	Seufzer
elenco *m*	Liste
scomparso	verschwunden, vermisst
trattarsi	sich handeln
a conduzione familiare	familiengeführt
trasferta *f*	*hier:* Dienstreise

ⓘ In Kreisen, in denen eine Hierarchie wichtig ist, wie bei der Polizei, ist es nicht ungewöhnlich, dass der Vorgesetzte seine Kollegen duzt und unkonventionell mit dem Nachnamen anspricht.

ⓘ **Pontedera** ist eine kleine Stadt in der Toskana (Provinz Pisa). Seit den zwanziger Jahren hat hier der Motorradhersteller Piaggio seinen Firmensitz, der die Industriestadt stark geprägt hat.

Esercizio 4: Presente. Lesen Sie weiter und konjugieren Sie die Verben im Präsens!

Una settimana dopo il commissario Spoletti **1.** entrare *entra* nel bar accanto al commissariato di Pontedera. **2.** essere ____________ un bar **a conduzione familiare**: la signora Anna **3.** stare ____________ dietro al bancone e **4.** occuparsi ____________ della caffetteria, suo marito Paolo **5.** essere ____________ in cucina. I cornetti e le brioche li **6.** fare ____________ lui personalmente, non sono prodotti industriali.

Il commissario è cliente fissa da anni, fa quasi sempre colazione al bar. Il profumo del caffè e dei cornetti freschi la aiuta a cominciare meglio la giornata.
"Buongiorno, commissario!" la saluta la signora Anna.
"Buongiorno, signora Anna!"
"È una settimana che non La vedo. Mi sono quasi preoccupata..."
"È vero, ma tranquilla, tutto bene. Sono stata in **trasferta** a Roma. Una settimana terribile, sempre in macchina in mezzo al traffico! Non so come ho fatto

Für viele Italiener ist der morgendliche **Espresso** (*caffè*) oder **Cappuccino** mit einem frischen Croissant (*cornetto*) in der Bar ein Ritual. Viele haben ein Stammlokal und eine fast freundschaftliche Beziehung zu den Inhabern, denen sie oft ihren Alltagskummer anvertrauen.

a **sopravvivere** senza i vostri **meravigliosi** cornetti!"
"Allora il solito?" domanda la signora Anna.
"Il solito!" risponde il commissario con un **sorriso**.
Qualche minuto dopo la barista **appoggia** sul bancone un cappuccino e un piattino con un cornetto **integrale**.

sopravvivere	überleben
meraviglioso	wunderbar
sorriso *m*	Lächeln
appoggiare	stellen, legen
integrale	Vollkorn-
esclamare	ausrufen
scuotere	schütteln
inutile	überflüssig
entrare in servizio	den Dienst antreten

"Il cornetto è ancora caldo," dice.
"Mmh, che buono!" **esclama** il commissario. Mentre beve il cappuccino suona il suo cellulare.
"Chi mi disturba mentre faccio colazione qui?!?" dice il commissario a voce alta. Poi vede il numero e con un sospiro risponde. "Ispettore Gaiolo, buongiorno!"
"Buongiorno, commissario. Sono arrivati i risultati della scientifica per il morto senza nome nel casale..."
"Va bene, grazie per l'informazione. Arrivo!" dice il commissario. Poi **scuote** la testa. Queste per lei sono telefonate **inutili**. Fra dieci minuti **entra in servizio**. Avere questa notizia dieci minuti prima o dopo è esattamente la stessa cosa. Ma l'ispettore Gaiolo è fatto così. È ancora molto giovane ma fa sempre un ottimo(i) lavoro.

(i) Das Adjektiv **buono** hat in der Steigerung unregelmäßige Formen: *buono* (gut), *migliore* (besser) *ottimo* (sehr gut). Die regelmäßigen Varianten (*più buono, buonissimo*) sind ebenso gebräuchlich.

Quando arriva in commissariato l'ispettore aspetta già davanti al suo ufficio.
"Commissario, ecco i risultati! È una donna!" dice subito.

"Gaiolo, per favore! Fammi entrare e togliere la giacca!" risponde il commissario con tono leggermente **irritato**.
"Ma certo, ehm... mi scusi, commissario. Non volevo..." risponde l'ispettore un po' **imbarazzato**.

irritato	gereizt
imbarazzato	verlegen
busta *f*	Umschlag
spiegare	erklären

Il commissario entra, si toglie la giacca e si siede alla scrivania. L'ispettore Gaiolo aspetta davanti alla porta.

Esercizio 5: Arredamento d'ufficio. Finden Sie im Gitternetz fünf Möbelstücke, die in einem Büro stehen könnten!

S	C	R	I	V	A	N	I	A
C	A	F	H	E	I	O	L	R
A	P	C	D	B	S	E	F	M
F	L	I	B	R	E	R	I	A
F	A	R	I	V	D	N	I	D
A	G	S	L	E	I	T	S	I
L	H	I	U	R	A	I	N	O
E	L	A	M	P	A	D	A	T

"Allora, Gaiolo, entra pure, prego," dice il commissario. "Fammi vedere."
L'ispettore Gaiolo prende le foto da una **busta** e comincia a **spiegare**.

"Ecco, vede? Dagli esami clinici risulta che è il corpo di una donna."
"**Età**?"
"Giovane: fra i 20 e i 25 anni. Ecco le foto dei vestiti. Come vede sono in **condizioni** miserabili. Solo la giacca si è conservata meglio, il materiale era più resistente."
L'ispettore mostra alcune foto della giacca di **finta pelle**. Il colore era forse rosso o marrone. I **bottoni** di metallo, ormai **arrugginiti**, erano a forma di cuore.
"C'erano dei documenti nelle tasche dei vestiti?"
"No, **purtroppo** no. Però c'era un'**immagine sacra**, aspetti... dov'è la foto? Eccola."
"Sembra un'icona tipica delle chiese ortodosse," dice il commissario.

età *f*	Alter
condizione *f*	Zustand
finta pelle *f*	Kunstleder
bottone *m*	Knopf
arrugginito	verrostet
purtroppo	leider
immagine *f* **sacra**	Heiligenbild
d'oro	aus Gold
preghiera *f*	Gebet
famoso	berühmt

"Infatti. Dietro probabilmente c'era una **preghiera** che non è più leggibile. La scritta qui sotto, però, si legge ancora."
"Mânăstirea Voroneț," legge il commissario.
"Monastero di Voronet. È in Romania, ho fatto una ricerca. È un monastero (i) ortodosso molto **famoso**,

(i) **Monastero** oder **convento**? Beide Wörter werden mit Kloster übersetzt, es sind aber keine Synonyme. Ein *monastero* ist das Gebäude, in dem eine Gemeinschaft von Mönchen oder Nonnen zusammenlebt, die aber keinen religiösen Orden bildet. Ein *convento* gehört hingegen immer einem spezifischen Orden an: z.B. Benediktiner oder Franziskaner.

è luogo di **pellegrinaggio** e **patrimonio mondiale** dell'Unesco."

pellegrinaggio *m*	Pilgerreise
patrimonio *m* **mondiale**	Weltkulturerbe
rumena *f*	Rumänin
santino *m*	Heiligenbild
impianto *m*	*hier:* Implantat
rafforzare	verstärken
frattura *f*	Bruch
bussare	klopfen
denuncia *f* **di scomparsa**	Vermisstenanzeige

"Interessante. Quindi forse era una donna religiosa, che è andata in pellegrinaggio lì."
"Sì, o forse era una donna di quelle parti, una **rumena**."
"Beh, è presto per dirlo. È solo un **santino**. Non sappiamo se la donna l'ha ricevuto da qualcuno, se l'ha preso personalmente durante un viaggio, se l'ha trovato per strada... ci sono così tante possibilità!"
"Questo è vero," continua Gaiolo. "Però c'è un altro indizio importante: i denti. La donna aveva due denti d'oro e questo tipo d'**impianto** non si usa ormai da tanti anni in Italia, ma è ancora diffuso in alcuni paesi dell'Europa dell'est. Quindi probabilmente la donna non era italiana."
"Va bene, quest'informazione naturalmente **rafforza** quest'ipotesi. Altro?"
"Non ci sono segni di **frattura** sulle ossa (i)."
"Hai già controllato l'elenco delle persone scomparse?"

Das Substantiv l'**osso** (Knochen) weist eine Unregelmäßigkeit auf: Im Singular ist es maskulin, im Plural feminin: *le ossa*. Das ist bei Körperteilen oft der Fall, z. B.:
l'orecchio (Ohr), *le orecchie;*
il braccio (Arm), *le braccia;*
il dito (Finger), *le dita;*
il ginocchio (Knie), *le ginocchia.*

"Non ancora."
"Bene, allora al lavoro!"
Qualche ora dopo l'ispettore Gaiolo **bussa** alla porta del commissario.
"Permesso?"
"Prego, Gaiolo. Allora?"
"Niente. Fra le **denunce di scomparsa** non c'è nessu-

na corrispondenza fra la nostra morta e le **descrizioni** delle donne sparite."

"Mmh, è così triste. Qualcuno scompare, muore e nessuno lo cerca," dice il commissario.

"Ci sono tante situazioni terribili. Gente che ha perso la famiglia, gente che non ha più rapporti con i parenti, gente sola. Poi se davvero era straniera **magari** l'hanno cercata da un'altra parte."

descrizione *f*	Beschreibung
magari	*hier:* vielleicht
dovere *m*	Pflicht
stampa *f*	Presse
a riguardo	diesbezüglich
cronaca *f*	Berichterstattung
avvoltoio *m*	Geier
saltare	(über)springen
(avere) una fame da lupi	einen Bärenhunger (haben)
convincere	überzeugen
fare compagnia	Gesellschaft leisten

"Sì, è vero. Comunque è nostro **dovere** cercare di dare un nome a questo corpo. Chiamiamo la **stampa**."

"Va bene. Fino ad adesso nessun giornale ha scritto qualcosa **a riguardo**. Strano, no?"

"È davvero strano. Normalmente per i casi di **cronaca** sono sempre pronti come **avvoltoi**."

Esercizio 6: Vero o falso? Welche Aussagen sind richtig? Kreuzen Sie an!

1. I resti trovati sono di una donna. ❐
2. I documenti sono in condizioni miserabili. ❐
3. Nella giacca c'è la foto di un monastero. ❐
4. I denti sono un indizio importante. ❐
5. La donna probabilmente era italiana. ❐

Il commissario fa un paio di telefonate, poi dice:
"È ora di pranzo, andiamo a mangiare qualcosa da Carlo? Fa la tagliata più buona della città!"

Die **tagliata di manzo** ist eine sehr beliebte toskanische Spezialität. Die 4-5 cm dicken Rindersteaks werden rosa gebraten und aufgeschnitten serviert, deshalb der Name *tagliata* (aufgeschnitten).

"Mah, veramente io... sono a dieta."
"Oh, l'estate arriva, vero?"
"Per agosto ho prenotato due settimane al mare con gli amici a Senigallia. Voglio essere in forma!"

Senigallia ist ein beliebter Badeort an der adriatischen Küste in der ostitalienischen Region Marken.

"Beh, puoi prendere un'insalata. Anche perché **saltare** i pasti non fa bene, si arriva a sera con **una fame da lupi** e alla fine si finisce per mangiare di più. E poi non mi piace mangiare da sola!"
"Eh va bene, commissario. Mi ha **convinto**! Le **faccio compagnia**."

3 L'appello della polizia

Il giorno dopo la notizia del **ritrovamento** dello scheletro nel casale è su tutti i giornali. Anche il **telegiornale** ne parla.
La notizia si ripete per qualche giorno, poi però torna il silenzio. Al commissariato nessuno **si fa vivo**.
"L'unica telefonata che abbiamo ricevuto è quella della mamma di uno dei due ragazzi che hanno trovato il corpo. Un giornalista di una **rivista** scandalistica **si è presentato** davanti alla scuola del figlio e ha cercato di intervistarlo. Il ragazzo **si è messo a** piangere," dice l'ispettore Gaiolo.
"**Roba da matti**! C'è gente che non ha un minimo di sensibilità," risponde il commissario Spoletti.
"Infatti la mamma l'ha denunciato per **molestie**."
"È quello che **merita**."
"Che facciamo?" domanda l'ispettore.
"Facciamo un ultimo **tentativo** con 'Chi l'ha visto?'ⓘ"
"Va bene. Ci penso io."

ritrovamento *m*	Auffinden, Entdeckung
telegiornale *m*	Tagesschau
ϟ **farsi vivo**	sich melden
rivista *f*	Zeitschrift
presentarsi	*hier:* erscheinen
mettersi a fare qc.	anfangen, etw. zu tun
ϟ **Roba da matti!**	Nicht zu fassen!
molestia *f*	Belästigung
meritare	verdienen
tentativo *m*	Versuch
ammalarsi	krank werden
costretto	gezwungen
sfortunato	unglücklich
squallido	öde, trist
scappare	flüchten, fliehen
coraggio *m*	Mut
chissà	wer weiss

Esercizio 7: Lettere in disordine. Lesen Sie weiter und bilden Sie aus den Buchstaben sinnvolle Wörter!

È giovedì **1.** arse ___*sera*___.

È giugno, ma fa già molto **2.** dolca __________.

Elena però è riuscita ad **ammalarsi** anche **3.** ateste d'__________: ha la febbre **4.** lata __________. Sicuramente è stato il **5.** ventolarite __________.

La ragazza però è contenta di stare male perché questa sera può restare a casa. Non deve andare in strada a prostituirsi, come è **costretta** a fare tutte le sere da tre anni. Quel mostro di Andrei l'ha lasciata in pace questa sera. Ha capito che non era davvero in condizione di uscire. È uscito con le altre ragazze, **sfortunate** come lei. Sono in sei in quell'appartamento **squallido**. Quando sono arrivate dalla Romania erano in sette. Poi Maria **è scappata**. Elena pensa spesso alla sua amica Maria. È stata l'unica ad avere il **coraggio** di liberarsi. **Chissà** dov'è ora. Elena la immagina sempre felice e sposata con un bel-

Chi l'ha visto? (Wer hat sie/ihn gesehen?) ist eine beliebte Fernsehsendung, die seit 1989 vom staatlichen Fernsehsender Rai 3 ausgestrahlt wird. Im Mittelpunkt der Sendung stehen ungelöste Kriminalfälle ähnlich wie bei der deutschen Sendung *Aktenzeichen XY ungelöst*.

lissimo ragazzo. E prova un po' d'**invidia**, l'invidia di un **sogno** impossibile.

invidia *f*	Neid
sogno *m*	Traum
sdraiato	liegend
sgualcito	zerknittert
prato *m*	Wiese
distrarsi	sich ablenken
consolare	trösten
misericordia *f*	Barmherzigkeit
avere addosso	anhaben

Elena è **sdraiata** sul divano. Anche se fa caldo, lei ha freddo. Si copre con una coperta e tira fuori dalla tasca una foto della sua famiglia. È tutta **sgualcita** perché la porta sempre con sé. È una vecchia foto di tanti anni fa in Romania, lei e sua sorella erano ancora bambine. Ricorda ancora quella giornata felice: un picnic, le corse sul **prato** con il papà, il dolce buono della mamma, i suoi sogni di bambina. Sono ricordi lontani. Elena piange e mette via la foto. Cerca di **distrarsi** e accende la TV.
Stasera c'è "Chi l'ha visto?", è un programma che racconta tutte storie drammatiche. Però a Elena piace guardarlo. La **consola** vedere che ci sono altre persone in situazioni terribili come la sua...
La presentatrice del programma parla, ma Elena non la ascolta: guarda la TV come ipnotizzata, la febbre è alta e le fa male la testa. A un certo punto si vede un'immagine sacra. Elena ha l'impressione di conoscerla. Fra le tante parole della presentatrice sente "monastero di Voronet in Romania". Ma certo! Ci è andata tante volte da bambina, non è lontano dalla città dove abita la sua famiglia. Per questo conosce quell'immagine! È l'affresco della Madonna della **Misericordia**. Automaticamente Elena alza il volume del televisore.
La presentatrice continua:
"Al momento della sua morte la giovane donna **aveva addos-**

so questa giacca di **ecopelle**... per favore se la regia fa vedere la foto... sì, eccola. Il colore è **rovinato**, era forse rossa o marrone, con dei bottoni di metallo a forma di cuore. La polizia fa un appello al pubblico di 'Chi l'ha visto?', aiutateci a chiarire l'identità di questa ragazza. Qualsiasi informazione può essere d'aiuto. Come sempre trovate le foto e la descrizione dettagliata del caso sulla nostra pagina Internet. E adesso passiamo ad un'altra storia terribile..."

ecopelle *f*	Kunstleder
rovinato	*hier:* verblasst
pietrificato	versteinert
guadagnare	verdienen
vistoso	auffällig
botta *f*	Schlag
rassegnazione *f*	Resignation, Ergebung

Elena è come **pietrificata.** Quella giacca! Quella giacca è come quella di Maria! Ha ancora bene in mente quel giorno al mercato di Pisa (i), erano appena arrivate in Italia: lei, la sua amica del cuore Maria e altre cinque ragazze. Erano ancora piene di speranze, di illusioni e di sogni. Ricorda ancora le parole di Maria:
"Guarda che bella quella giacca rossa! Mi piacciono i bottoni a forma di cuore!"
E Andrei: "Ti piace? Provala!"
E lei: "Ma non ho soldi!"
E lui: "Te la compro io! Sei qui per lavorare, no? Appena **guadagni** qualcosa puoi ridarmi i soldi."
Elena ricorda ancora il sorriso e la gioia di Maria per quel regalo. Quella mattina Andrei aveva comprato vestiti a tutte. Vestiti **vistosi** e sensuali. Ripensa allo shock di tutte quando Andrei ha chiarito che tipo di lavoro aveva per loro. Ricorda le **botte**, la paura e la **rassegnazione**.

(i) Die Universität von **Pisa** ist eine der ältesten Europas und sehr renommiert.

E adesso quella giacca è a 'Chi l'ha visto?'! Ma è proprio quella giacca? No, non può essere. Maria è scappata! Maria ha sicuramente una nuova vita, una vita felice, lontana da questo **squallore**. Questo è quello che Elena ha sempre creduto. O forse è quello che ha sempre voluto credere?

squallore *m*	Öde, Trostlosigkeit
spegnere	ausschalten
girarsi	sich (um)drehen
cadere	fallen
sonno *m*	Schlaf
debole	schwach

La testa di Elena sembra esplodere. Non può pensare adesso, non ci riesce[i]. **Spegne** la TV, si alza dal divano e va in cucina. Beve un po' d'acqua e prende la medicina. Poi va a letto, ma non riesce a dormire. **Si gira** e si rigira, alla fine **cade** in un **sonno** agitato, il sonno tipico di quando si ha la febbre.

Esercizio 8: Preposizioni. Markieren Sie die richtige Präposition!

1. La giacca è di / da pelle.
2. L'uomo ha comprato la giacca sul / al mercato.
3. In / Nell' appartamento abitano sei ragazze.
4. Elena è seduta alla / in cucina.
5. Lei sta male e va in / a letto.

Una settimana dopo Elena è di nuovo per strada. È ancora **debole**, ma la febbre è passata e deve tornare alla dura vita di sempre, "a guadagnarsi il pane" come ripete sempre Andrei. Pensa sempre alla giacca rossa, ma non ha ancora avuto il coraggio di andare su Internet sulla pagina di 'Chi l'ha visto?'.

Un pomeriggio però finalmente prende coraggio e lo fa. **Si chiude** nel bagno e con le mani **tremanti digita** sul cellulare il **sito** del programma. Elena clicca su "Corpi senza nome".
Il caso della giacca rossa è uno dei primi della lista. Il titolo dice "Appello della polizia per i resti di una donna trovati in un casolare". Sotto, in piccolo, c'è la foto della giacca.
Elena clicca per vedere i dettagli. Il suo cuore **batte** forte.

> Während *potere* eher eine Möglichkeit ausdrückt, etwas zu tun, drückt das Verb **riuscire a fare qualcosa** das Gelingen einer Handlung aus.

La ragazza **ingrandisce** al massimo la foto della giacca. Poi comincia a leggere del santino e dei denti d'oro. I suoi occhi **si riempiono** di **lacrime**. Anche Maria aveva due denti d'oro: erano due **molari**. E Maria era religiosa, era molto devota della Madonna di cui portava il nome. Aveva sempre qualche santino in tasca. Sono suoi quei resti? Maria è morta davvero? E se è morta, si è uccisa? Oppure l'ha uccisa Andrei? O un cliente?
Elena sa che c'è una sola cosa da fare: andare alla polizia. Ma come fa? Andrei **sorveglia** tutte le ragazze come un **cane da guardia**. Sono tutte illegali in Italia, non le fa mai uscire da sole. Dopo che Maria è scappata le tiene quasi in **prigione**. Se non c'è lui a tenerle sotto controllo c'è uno dei suoi **compari**.
Fa velocemente il numero della polizia quando dei **colpi** sul-

chiudersi	sich schließen
tremante	zitternd
digitare	eintippen
sito *m*	Internetseite
battere	schlagen
ingrandire	vergrößern
riempirsi	sich füllen
lacrima *f*	Träne
molare *m*	Backenzahn
sorvegliare	überwachen
cane *m* **da guardia**	Wachhund
prigione *f*	Gefängnis
compare *m*	Kumpan
colpo *m*	Schlag, Stoß

la porta e la voce di Andrei la **fanno saltare**. Subito spegne il cellulare.
"Esci da quel bagno! Serve a me!"
"Ecco," dice. **Si asciuga** gli occhi e apre la porta.
Andrei la guarda e domanda **brusco**:
"Dammi il cellulare! Con chi hai parlato?"
"Con nessuno! Ero su Internet, ma **si è scaricata** la batteria, vedi? Si è spento."
L'uomo lo prende in mano e prova ad accenderlo. Ma lo **schermo** rimane nero. Il tasto di **accensione** è difettoso, bisogna spingerlo molto forte per almeno dieci secondi. Ma lui questo per fortuna non lo sa.
Andrei ridà il telefono a Elena ed entra in bagno. La ragazza tira un **sospiro di sollievo**.

ϟ **far saltare**	erschrecken
asciugarsi	sich abtrocknen
brusco	barsch
scaricarsi	sich entladen
schermo *m*	Bildschirm
accensione *f*	Einschalten
sospiro *m* **di sollievo**	Seufzer der Erleichterung

Esercizio 9: Parti del corpo. Welche Körperteile werden gesucht? Setzen Sie ein!

1. Il "motore" del corpo: c u o r e

2. Servono per vedere: _ _ _ _ _

3. Serve per prendere una cosa: _ _ _ _

4. È coperta dai capelli: _ _ _ _ _

5. Servono per camminare: _ _ _ _ _

4 Il dolore di una madre

Sono le nove di un mattino di fine giugno. Il sole **splende** e annuncia un'altra giornata[i] di caldo intenso. I meteorologi continuano a predicare: "Ci aspetta un'estate caldissima." Che novità, pensa il commissario Spoletti con sarcasmo. Sono anni che è così: ogni estate alla TV si parla di caldo eccezionale, quando ormai è diventato la regola. Il cambiamento climatico è un **fatto** e le **conseguenze** si sentono specialmente d'estate. Per fortuna gli uffici sono ormai tutti climatizzati. Quando Laura Spoletti apre la porta **a vetri** del commissariato però ha una brutta **sorpresa**: anche qui dentro l'aria è calda e pesante.

splendere	strahlen
fatto *m*	Tatsache
conseguenza *f*	Folge
a vetri	Glas-
sorpresa *f*	Überraschung
ϟ **Santo cielo!**	Ach, du lieber Himmel!

L'agente all'entrata la saluta:

"Buongiorno, commissario. Cattive notizie: l'aria condizionata non funziona."

"Oh no!" esclama il commissario. "Avete chiamato il tecnico?"

"Sì, viene verso l'ora di pranzo."

"All'ora di pranzo? **Santo cielo**!"

Giorno oder **giornata**? Im Deutschen sagt man für beide Wörter *Tag*. Mit *giornata* wird jedoch der Tag in seinem ganzen Ablauf gemeint, deshalb ist es üblich beim Abschied *Buona giornata*! zu wünschen.

L'agente la guarda **desolato**.
Il commissario Spoletti **scuote la testa** e va nel suo ufficio. Tira fuori il ventilatore dall'armadietto e lo mette subito in funzione. Lascia la porta aperta con la speranza di far circolare meglio l'aria. Poi accende il computer.
Dopo un po' arriva l'ispettore Gaiolo.

desolato	tief betrübt
scuotere la testa	den Kopf schütteln
intervento *m*	*hier:* Einsatz
intestato (a)	eingetragen, lautend auf
sfruttatore *m*	*hier:* Zuhälter, Ausbeuter
ubriaco	betrunken
squadra *f*	Team

"Buongiorno, commissario. Posso?"
"Buongiorno, Gaiolo. Entra."
"Ha visto che bella sorpresa? Oggi giornata 'vintage' con il ventilatore acceso!" scherza l'ispettore.
"Eh sì, prendiamola con filosofia!"
"Una bella sorpresa però c'è davvero," continua l'ispettore.
"Ah sì?"
"Sì. Circa mezz'ora fa ha telefonato una ragazza rumena. Il corpo senza nome può essere quello di una sua amica scomparsa circa tre anni fa."
"Ma senti, non ci speravo più. Quando viene qui in commissariato?"
"Ehm, la cosa è un po' complicata. Dobbiamo organizzare un **intervento** veloce. È una prostituta, è illegalmente in Italia e vive con altre ragazze in un appartamento a Pontedera."
"Hai l'indirizzo?"
"Sì, l'appartamento è **intestato** a un certo Andrei Popescu. È lo **sfruttatore** che controlla le ragazze. Vive con loro. Stamattina è tornato **ubriaco** e ora dorme. È l'occasione giusta, lo prendiamo di sorpresa."
"Benissimo, organizzo una **squadra** e andiamo subito."

All'ora di pranzo sono di ritorno. L'operazione è riuscita perfettamente.

badante *m/f*	Altenpfleger/in
anziano	alt
casa *f* **di cura**	Pflegeheim
minacciare	drohen
uccidere	töten
sedia *f* **a rotelle**	Rollstuhl

Elena Dinu è nell'ufficio del commissario. È una bella ragazza di 25 anni. Ha i capelli lunghi e castani e grandi occhi neri tristi.

"Siamo tutte infermiere diplomate. Andrei ci ha promesso tante cose. In Italia cercano **badanti**[i] per le persone **anziane**. 'Potete cominciare così,' ci ha detto, poi quando sapete meglio la lingua potete fare domanda in qualche ospedale o **casa di cura**.' E invece quando siamo arrivate qui ci ha preso i documenti e ci ha costrette a prostituirci[i]. **Ha minacciato** di **ucciderci** o di fare del male alle nostre famiglie."

In einer alternden Gesellschaft wie die italienische wird der Beruf des *Altenpflegers* (il/la **badante** – aus dem Verb *badare, sich kümmern*) – immer wichtiger. Es sind meist Frauen mit Migrationshintergrund, die diesen Beruf ausüben. Viele italienische Familien nehmen diese Hilfe in Anspruch.

"E la sua famiglia non sa niente?"

"No. Andrei ha organizzato tutto bene. A volte ci fa delle foto al parco con persone anziane in **sedia a rotelle**. Poi le mandiamo alle nostre famiglie. Loro credono davvero che noi qui facciamo le badanti."

"Si ricorda quando è scomparsa Maria?"

"Sì, era il 27 febbraio di due anni fa. Dopo la notte

Bordelle sind in Italien verboten, nicht aber die Prostitution an sich. Strafbar sind aber die Ausbeutung der Prostituierten und die Förderung der Prostitution. Die Straßenprostitution ist vor allem ein Geschäft der organisierten Kriminalität.

marciapiede *m*	Bürgersteig
matto	verrückt
ennesimo	x-ter

sul **marciapiede** la mattina Andrei ci è venuto a prendere come sempre. Ma quella mattina Maria non è venuta."

"Può essere stato Andrei a farle qualcosa?"

"No, non credo. Andrei era molto arrabbiato quando non è arrivata. L'ha cercata per giorni e giorni. Maria era la più bella di noi. Era alta e bionda, aveva bellissimi occhi azzurri. Aveva molti clienti e per Andrei erano soldi."

"Lei che cosa ha pensato?"

Esercizio 10: Passato prossimo. Lesen Sie weiter und setzen Sie die Verben ins *passato prossimo*!

" **1.** avere *Ho avuto* paura. Noi viviamo una vita pericolosa. Incontriamo tanti uomini **matti**, perversi. Forse Maria era l'**ennesima** prostituta uccisa. Per settimane **2.** leggere __________ la cronaca nera per sapere se l'avevano trovata. Niente. Allora **3.** cominciare __________ a credere a un'illusione. **4.** pensare __________ questo: Maria **5.** riuscire __________ a scappare, **6.** incontrare __________ un uomo che l'ha liberata e l'ha portata via in un altro paese, verso una vita felice. Sì, ho voluto credere questo."

"Com'era Maria prima della sua scomparsa?"
"Era molto depressa. Questa vita per lei era **insopportabile**. Ha provato due volte a **impiccarsi**. Una volta nel bagno con la **cintura** dell'**accappatoio** e un'altra volta in cucina con una **corda**. Andrei l'**ha picchiata** tanto e minacciata di portare qui anche la sua sorellina più piccola. Poi le **ha procurato** degli antidepressivi. Maria è diventata dipendente da quelle pastiglie."
"Accanto ai resti è stata trovata una corda a forma di cappio. Si pensa infatti ad un'impiccagione."
Elena **scoppia a piangere**.
Quando la ragazza si calma il commissario domanda:
"Secondo Lei Maria può essersi suicidata?"
"Sì, è possibile," risponde la ragazza.

insopportabile	unerträglich
impiccarsi	sich erhängen
cintura *f*	Gürtel
accappatoio *m*	Bademantel
picchiare	schlagen
procurare	besorgen
scoppiare a piangere	in Tränen ausbrechen
bugia *f*	Lüge
rubare	stehlen
confermare	bestätigen

Il commissario guarda l'ispettore, poi chiede:
"La famiglia di Maria vive in Romania?"
"Sì, credo. Non ho più contatti con loro. Sua madre vive con le tre figlie più piccole; il papà è morto già da alcuni anni."
"Come ha reagito la madre alla scomparsa della figlia?"
"Era preoccupatissima, naturalmente. Andrei gli ha raccontato tante **bugie**. Gli ha detto che Maria **ha rubato** a casa di un ricco signore anziano dove lavorava, così è dovuta scappare all'estero perché in Italia la polizia la cerca."
"E Lei?" continua il commissario.
"Io ho dovuto **confermare** questa versione. Mi ha creduta. Prima mi telefonava tutti i giorni. Poi sempre meno."
"Ci può dare l'indirizzo?"

confronto *m*	Abgleichung
alloggio *m*	Unterkunft
probabile	wahrscheinlich
ottenere	bekommen, kriegen

"Sì, certo."
"Commissario, lei che cosa pensa? Quelle ossa sono di Maria?" domanda la ragazza.
"Io penso di sì," dice il commissario. "Però possiamo essere sicuri di questo solo dopo il **confronto** con il DNA di un familiare."
La ragazza scrive nome e indirizzo su un foglio di carta.
"Gaiolo, accompagni la signorina Dinu." L'ispettore si alza.
"Dove andiamo?" domanda la ragazza.
"Abbiamo organizzato un **alloggio** provvisorio," risponde il commissario.
"Faccio entrare la prossima?" domanda l'ispettore.
"No, facciamo una piccola pausa. Devo mangiare qualcosa. Vieni anche tu?"
"Sì, arrivo."

Nella piccola trattoria, finalmente al fresco dell'aria condizionata, i due poliziotti continuano a parlare del caso.
"Mi chiedo come può essere arrivata a piedi da Pontedera fino a quel casale," dice l'ispettore.
"Perché a piedi? Sicuramente è arrivata in macchina con un cliente che ha cercato un posto tranquillo. La campagna è sempre un posto discreto per appuntamenti di quel tipo. Poi si è fatta lasciare lì e si è suicidata nel casale."
"Oppure l'ha uccisa il cliente," dice l'ispettore.
"Sì, anche questo è possibile. Anche se il suicidio mi sembra più **probabile** dopo quello che ci ha raccontato la sua amica. Ma purtroppo non credo che lo sapremo mai con sicurezza. Comunque se **otteniamo** la certezza dell'identità è già un ottimo risultato."

"Dobbiamo fare venire la madre in Italia per le analisi del DNA."
"Sì, appena torniamo in ufficio invio la **richiesta di autorizzazione** al **magistrato competente**."

Esercizio 11: Cruciverba. Übersetzen Sie die Begriffe und lösen Sie das Kreuzworträtsel!

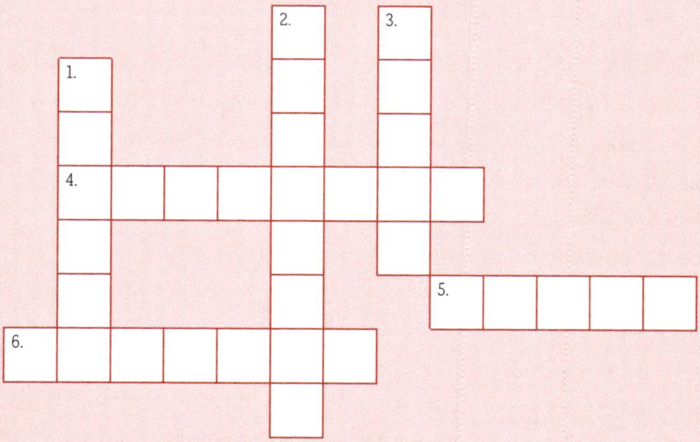

1. Sohn **2.** Bruder **3.** Vater

4. Eltern **5.** Mutter **6.** Schwester

richiesta *f* **di autorizzazione**	Bewilligungs-antrag
magistrato *m*	Richter
competente	zuständig
interprete *m/f*	Dolmetscher(in)

È ormai fine luglio. Nell'ufficio del commissario Spoletti è seduta la signora Rusu, la mamma di Maria. È una donna di cinquant'anni. È vestita in modo semplice. Nei suoi occhi c'è tanta tristezza. Insieme a lei c'è un'**interprete**.

seppellire	begraben
fare cenno di sì	nicken
abbracciare	umarmen
amarezza *f*	Bitterkeit
nascosto	versteckt

"Signora," comincia il commissario. "Abbiamo i risultati delle prove del DNA. Purtroppo le analisi confermano le nostre ipotesi. I resti trovati nel casale sono di sua figlia."
L'interprete prende la mano della donna e traduce le parole del commissario.
Due lacrime silenziose scendono sul viso della donna. Dice qualcosa in rumeno. Parla così piano che l'interprete deve domandarle di ripetere. Poi traduce per il commissario:
"La signora dice: 'Nel mio cuore lo sapevo già. Ma adesso è ufficiale: ho perso mia figlia per la seconda volta'."
La donna domanda una cosa e l'interprete traduce:
"La signora chiede se può portare sua figlia a casa per **seppellirla** accanto al padre."
"Certo," risponde il commissario. "Ci sono solo dei documenti da firmare. È la burocrazia."
L'interprete traduce e la signora **fa cenno di sì** con la testa.
Laura Spoletti si alza e **abbraccia** la donna. Questi sono i momenti peggiori del suo lavoro.

Das Verb **morire** (sterben) wird unregelmäßig konjugiert:
io muoio, tu muori, lui/lei muore, noi moriamo, voi morite, loro muoiono.

Questo caso è chiuso. Ma al commissario rimane una grande **amarezza** in bocca. Sa bene che in giro per l'Italia ci sono tante ragazze come Maria e come Elena, tante storie drammatiche **nascoste** che spesso vengono alla luce solo dopo che qualcuno muore[i].

La verità è una sola

Alessandra Felici Puccetti

1 Napoli - Milano

Il treno **è in** perfetto **orario**. Alla stazione di Napoli, Cristiano Petrilli cerca il suo vagone lungo il **binario**. Poi sale e va al suo posto.

È ancora in piedi con il **cappotto** in mano, quando qualcuno lo chiama.

"Ma tu sei... sì: Cristiano! **Ti ricordi di** me? Io sono..."

verità *f*	Wahrheit
essere in orario	pünktlich sein
binario *m*	Gleis
cappotto *m*	Mantel
ricordarsi di qu./qc.	sich an jmd./etw. erinnern
secondo me	meiner Meinung nach
venire a trovare qu.	jmd. besuchen (kommen)
età *f*	Alter

Das Wort *laurea* ist die allgemeine Bezeichnung für den Universitätsabschluss. **Laurearsi** heißt also, das Hochschuldiplom erwerben.

"Alberto! Da quanti anni non ci vediamo? Fammi pensare... cinque?"

"Mah, **secondo me** sono di più... da quando ci siamo laureati, insomma. Poi io ho trovato lavoro al nord e sono rimasto lì. Abito a Rho, la città di mia moglie. Ogni tanto però **vengo a trovare** i miei genitori. Hanno una certa **età**. Con l'alta velocità arrivo a Na-

Die Gemeinde **Rho** gehört zum Einzugsgebiet von Mailand und ist Sitz der Mailänder Messe.

In Italien fahren **Hochgeschwindigkeitszüge** (*treni ad alta velocità*), die aktuell bis zu 300 km/h erreichen. Sie sind sehr komfortabel und (weitestgehend) pünktlich.

poli in poco più di quattro ore... e senza stress."

sposarsi	heiraten
invece	dagegen
festeggiare	feiern
matrimonio *m*	Ehe, Hochzeit
essere cambiato	verändert sein
sorridere	lächeln
divertimento *m*	Spaß, Unterhaltung
contare su qu./qc.	auf jmd./etw. zählen

"Sì, è un viaggio molto comodo. Allora **ti sei sposato**... Quando? Sembri ancora il ragazzo dell'università."

"**Invece** il tempo passa: a luglio **festeggio** il primo anno di **matrimonio**. Anche tu, però, non **sei cambiato**. Dimmi, Cristiano, vai a Milano per lavoro?"

Zu den Sehenswürdigkeiten in Mailand zählen der **Dom**, die Gemäldegalerie **Pinacoteca di Brera**, das Schloss der Herrscherfamilie Sforza (**Castello Sforzesco**) sowie das Opernhaus **Teatro alla Scala** und die im 19. Jahrhundert erbaute Einkaufspassage **Galleria Vittorio Emanuele II.**

L'uomo **sorride**: "No, sono in vacanza. Non sono mai stato a Milano. È arrivato il momento di conoscere questa bella città. Ci sono così tante cose da vedere: il Duomo, la Pinacoteca di Brera, il Castello Sforzesco e poi il Teatro alla Scala, la Galleria... Non si finisce più!"

"L'arte e la cultura vanno benissimo, ma un po' di **divertimento** ci vuole pure... per esempio ai Navigli."

Die **Navigli** sind typische Kanäle in und um Mailand, deren Bau bis zur römischen Zeit zurückgeht. Die Wasserwege speisen sich aus den Flüssen der Po-Ebene und haben über Jahrhunderte hinweg eine erhebliche Rolle für den Wohlstand der Stadt gespielt. Teile der *Navigli* haben sich zum Zentrum des Mailänder Nachtlebens entwickelt.

"Per il divertimento **conto su** Luisa. È sicuramente più informata di me."

"La tua ragazza?"

mito *m*	*hier:* Idol
indipendente	selbstständig
ditta *f* **di moda**	Modefirma
occuparsi di qu./qc.	sich mit jmd./etw. beschäftigen
perdere	verlieren
succedere	passieren

"No, mia sorella. Abita a Milano da qualche anno, ha una galleria d'arte."
"Ah, sì: Luisa! È la persona giusta, immagino. La ricordo bella, carismatica, sempre con abiti un po' stravaganti. Per me da ragazzo era un **mito**. Purtroppo però lei era più grande, non usciva con quelli della mia età. Poi, a un certo punto, non l'ho più vista..."
"È andata a Londra. Luisa è sempre stata molto **indipendente**."

Esercizio 1: Le capitali. Wie heißen die Hauptstädte? Schreiben Sie auf!

1. Gran Bretagna *LONDRA*

2. Italia ______________________

3. Germania ______________________

4. Francia ______________________

5. Austria ______________________

"E adesso ha una galleria! Stasera mi guardo il sito Internet. Lo trovo con il vostro cognome?"
"Sì, cerca Galleria Petrilli. Luisa ha aperto la galleria un anno e mezzo fa. Prima era in una **ditta di moda** che sponsorizzava anche eventi artistici. Luisa **si occupava** proprio **di** questo. Poi, con la crisi, i soldi sono finiti e Luisa **ha perso** il posto: **succede** spesso."

"**Purtroppo** sì," dice Alberto. "Ma, scusa, tua sorella abita a Milano e tu non sei mai **andato a trovarla**?"
Cristiano risponde: "Può sembrare **strano**, capisco, ma sai com'è: ognuno ha il suo lavoro, i suoi **impegni**, le sue **amicizie**... alla fine **si rimanda** sempre. Adesso comunque vogliamo recuperare il tempo perduto[i] e vederci più **spesso**. Luisa è venuta a Napoli a dicembre, ora **tocca a me**. E tu, Alberto, che lavoro fai?"
L'amico capisce che Cristiano vuole parlare d'altro e gli **racconta** di sé e della sua famiglia.

purtroppo	leider
andare a trovare qu.	jmd. besuchen (gehen)
strano	komisch, seltsam
impegno *m*	Verpflichtung
amicizia *f*	Freundschaft
rimandare	verschieben
spesso	oft
tocca a me	ich bin an der Reihe
raccontare	erzählen
essere in confidenza con qu.	mit jmd. vertraut sein
dare importanza a qc.	etw. Bedeutung beimessen
esperienza *f*	Erfahrung
fidanzato *m*	Verlobter

In effetti, Cristiano non **è** più **in confidenza con** l'amico e non vuole raccontargli troppi dettagli sulla sorella.
Da ragazza Luisa non **ha** mai **dato importanza** alla famiglia, alle tradizioni. L'importante per lei era fare **esperienze** nuove, viaggiare, conoscere gente interessante. Ha sempre avuto molti amici. Ogni tanto arrivava a casa con un nuovo **fidanzato**, naturalmente mai il tipo che piaceva ai genitori. Poi ha lasciato definitivamente Napoli, è andata a Londra e dopo a Milano.

i **recuperare il tempo perduto/perso** = *die verlorene Zeit nachholen.* Das *participio passato* von einigen Verben hat zwei Formen. Z.B. *perdere* (verlieren): *perduto/perso, vedere: veduto/visto, seppellire* (begraben): *seppellito/sepolto.* Beide Formen sind austauschbar.

Da allora, per anni, Luisa ha avuto pochi contatti con i suoi genitori: una cartolina dalle vacanze, una telefonata o un **messaggio** ogni tanto. Cristiano e i genitori dopo un po' non hanno fatto più domande, non **si sono** più **preoccupati**. Luisa era una che se la cavava ⓘ sempre. Per molto tempo è stato proprio ⓘ così.

La sorella di Cristiano **è stata fortunata** anche quando ha perso il lavoro. La sua **madrina di battesimo**, una lontana **parente**, milanese di **origini** napoletane, le **ha lasciato in eredità** il locale dove ora c'è la galleria.

messaggio *m*	Nachricht
preoccuparsi	sich Sorgen machen
essere fortunato	Glück haben
madrina *f* **di battesimo**	Taufpatin
parente *m/f*	Verwandte(r)
origine *f*	Herkunft
lasciare in eredità	vererben
pensare in grande	im Großen denken
sopravvalutare	überschätzen
capacità *f*	Fähigkeit
sostegno *m*	Unterstützung

Esercizio 2: Parole mancanti. Lesen Sie weiter und ergänzen Sie die richtigen Substantive!

famiglia | galleria | ~~mercato~~ | crisi | sorella

Il **1.** *mercato* dell'arte, però, non è facile. Luisa **ha** sempre **pensato in grande**, ma con la **2.** ______ **ha sopravvalutato** le proprie **capacità**. Adesso la **3.** ______ di Cristiano è in **4.** ______: finanziaria e sentimentale. Per questo ultimamente ha cercato il **sostegno** della **5.** ______ napoletana.

E la famiglia non l'**ha delusa**. Certo, Luisa ha fatto degli errori, ma, come si dice a Napoli, "i figli sono **pezzi** di cuore". Per i soldi, Cristiano e i genitori, insegnanti in **pensione**, non possono essere di aiuto. **Almeno** però sono vicini a Luisa, che a quarantadue anni, senza un **compagno**, dice di **sentirsi sola**.

deludere	enttäuschen
pezzo *m*	Teil, Stück
pensione *f*	Rente
almeno	mindestens, wenigstens
compagno *m*	Lebenspartner
sentirsi solo	sich allein fühlen
scambiarsi	(aus)tauschen
promettere	versprechen
cellulare *m*	Handy
calmare	beruhigen
esagerare	übertreiben

Alla stazione di Milano Cristiano e l'amico **si scambiano** i numeri di telefono e **promettono** di rivedersi presto.
Poi, come d'accordo con la sorella, Cristiano va alla galleria. Quando arriva lì, però, la trova chiusa.
Luisa non ha lasciato nessun messaggio e non risponde al **cellulare**. Cristiano chiama la madre a Napoli.

cavarsela ist ein üblicher umgangssprachlicher Ausdruck. Er lässt sich mit *sich durchschlagen, zurechtkommen* übersetzen.

"La vacanza comincia male. Vengo a Milano per stare con Luisa e lei non c'è. Magari è partita per le Bahamas!"
La madre cerca di **calmarlo**.

"Non **esagerare**, Cristiano. Luisa è cambiata, non è più come prima."
"No, l'accordo era: all'una qui!"
"E allora? Aspetta qualche

Das Wort **proprio** bedeutet als Adverb *genau, wirklich* (*proprio così* = genau so), als Adjektiv *eigen sein* (*Lei ha sopravvalutato le proprie capacità* = Sie hat ihre eigenen Fähigkeiten überschätzt).

minuto... o sei già diventato un milanese? Sicuramente tua sorella **fa tardi** per il traffico."

"Va bene, può succedere, ma deve **avvertire**... Invece niente! Tu, mamma, hai il numero di telefono di Arianna? **Magari** lei sa dov'è."

La signora però non conosce il numero dell'amica milanese della figlia, che insieme a Luisa è stata da lei per l'Immacolata[i]. Nemmeno il cognome le **viene in mente**.

fare tardi	sich verspäten
avvertire	benachrichtigen
magari	vielleicht
venire in mente	einfallen
non resta che...	bleibt nichts anderes übrig als...
edificio *m*	Gebäude
incidente *m*	Unfall

Esercizio 3: Che ora è? Schreiben Sie die Uhrzeiten in allen möglichen Varianten auf!

1. 13:00 È *l'una.* / Sono *le tredici* .
2. 12:00 È ________________. / Sono le ________________.
3. 09:15 Sono ________________. / Sono ________________.
4. 07:45 Sono ________________. / Sono ________________.
   Sono ________________.

A Cristiano **non resta che** aspettare.

Alle due va a cercare la sorella a casa, ma nessuno apre. Nel parcheggio dietro l'**edificio** la macchina gialla di Luisa non c'è. L'uomo adesso è preoccupato: Luisa può aver avuto un **incidente**, forse è meglio andare dalla polizia.

Per Cristiano è una situazione nuova.

Gli agenti sono gentili, ma non sembrano veramente interessati al suo problema. Dalla polizia stradale non sono arrivate **segnalazioni**. Per una formale **denuncia di scomparsa** è meglio aspettare almeno il giorno dopo. In caso di novità, la polizia ha il numero della famiglia...

segnalazione *f*	Meldung
denuncia *f* **di scomparsa**	Vermissten-anzeige
stare tranquillo	sich keine Sorge machen

Am katholischen Festtag der **Immacolata Concezione** (unbefleckte Empfängnis) am 8. Dezember wird in Italien oft der Weihnachtsbaum geschmückt und die Krippe aufgestellt. Es ist ein offizieller Feiertag.

È sera, Cristiano va in albergo.

Alla madre manda un messaggio: "**Stai tranquilla**, tutto bene. Un saluto anche da Luisa."

2 A porte chiuse

La notte Cristiano dorme male. Si chiede se è troppo **emotivo** o se deve veramente preoccuparsi. Ha sbagliato a non **insistere** con la polizia **per** un **sopralluogo** a casa della sorella? Luisa era contenta, aveva tanti piani per la visita, non può aver dimenticato l'**appuntamento**. In commissariato però hanno detto che succede spesso: una persona non dà notizie per motivi banali, **mette in agitazione** la famiglia e poi tutto **si risolve** in ventiquattr'ore.

emotivo	emotional
insistere per qc.	auf etw. bestehen
sopralluogo *m*	Ortstermin
appuntamento *m*	Verabredung, Termin
mettere in agitazione	beunruhigen
risolversi	sich lösen
convincente	überzeugend
accompagnare	begleiten
trasferirsi	umziehen
subaffitto *m*	Untermiete
ϟ **da urlo**	zum Schreien
campanello *m*	Klingel
rumore *m*	Geräusch
forza *f*	Gewalt, Kraft

Il mattino dopo Petrilli non vuole più aspettare. Racconta ai genitori la verità e torna dalla polizia. Questa volta è più **convincente**: gli agenti lo **accompagnano** all'indirizzo della sorella. Luisa **si è trasferita** lì da poco. Al telefono era entusiasta del suo loft, che ha avuto in **subaffitto** per un anno. "Una cosa **da urlo**," ha raccontato.
Al **campanello** di Luisa non risponde nessuno, dalla porta non arrivano **rumori**.
I poliziotti entrano con la **forza**.

Esercizio 4: Aggettivi. **Lesen Sie weiter und übersetzen Sie die Adjektive. Achten Sie dabei auf die korrekten Endungen!**

Il loft ha i **muri a vista** e il **soffitto** altissimo. **Oltre alla** porta **d'ingresso**, c'è un'altra porta più **1.** klein *piccola* di metallo. La luce arriva da due **2.** groß ____________ finestre in alto. Una **scala** porta a un **soppalco** con una **3.** niedrig ____________ **libreria** come **parapetto**.

I mobili sono pochi: una poltrona, due sedie, una scrivania.

I **quadri** sono su una sola **parete**: tanti, di dimensioni **4.** unterschiedlich ____________, tutti astratti.

L'enorme stanza sembra quasi la scena di un film. E, come in un film, c'è a **terra** un cadavere: quello di Luisa Petrilli.

Quando vede la sorella, Cristiano **impallidisce**.

"Dio mio!" dice. "Luisa! Luisa!"

I poliziotti provano a **rianimare** la donna, ma è subito chiaro che non c'è più niente da fare.

Luisa è morta.

muro *m* **a vista**	unverputzte Wand
soffitto *m*	Decke
oltre a	zusätzlich zu
d'ingresso	Eingangs-
scala *f*	Treppe
soppalco *m*	*hier:* Galerie (in der Wohnung)
libreria *f*	Bücherregal
parapetto *m*	Geländer
quadro *m*	Bild, Gemälde
parete *f*	Wand
terra *f*	*hier:* Boden, Erde
impallidire	erblassen
rianimare	wiederbeleben

L'ispettore Salvini **scuote** tristemente **la testa** guardando ⓘ in direzione di Petrilli.

Cristiano va dalla sorella, le fa una **carezza** e la chiama piano: "Luisa... Luisa." Poi comincia a **piangere**.

> Das **Gerundio presente** bildet man, indem man an den Verbstamm die Endung *-ando* (für die Verben auf *-are*) bzw. *-endo* (für die Verben auf *-ere* und *-ire*) anhängt. Es drückt eine Handlung aus, die zur selben Zeit wie die Haupthandlung stattfindet. Z.B.: *Lo vedo tutti i giorni andando al lavoro.* = Ich sehe ihn jeden Tag, wenn ich zur Arbeit gehe.

Gli altri aspettano a distanza rispettando il suo **dolore**.

Finalmente Petrilli si rialza e comincia a **girare** per il loft. Il suo pensiero va ai genitori: come gli dice che Luisa non c'è più?

L'ispettore ha chiamato l'ambulanza.

Indicando il soppalco, commenta: "Un tragico incidente. Quella libreria non ha l'**altezza** regolamentare di sicurezza. Probabilmente Sua sorella ⓘ **è caduta** dal soppalco e ha **battuto la testa** sulla cucina **sottostante**. Chi sceglie un appartamento così, però, non ha problemi di **equilibrio**. Quindi dobbiamo pensare ad altro: alcol, droghe... Ne sa qualcosa, signor Petrilli?"

"Luisa non era il tipo che cerca aiuto nelle droghe," risponde Cristiano. "Era un po' in crisi, è vero, ma era una donna forte."

"Ah, Sua sorella era in crisi..." ripete Caterina Salvini guardando di nuovo il soppalco.

scuotere la testa	den Kopf schütteln
carezza *f*	Liebkosung
piangere	weinen
dolore *m*	Schmerz, Leid
girare	*hier:* herumlaufen
indicare qu./qc.	auf jmd./etw. zeigen
altezza *f*	Höhe
cadere	fallen, stürzen
battere la testa	mit dem Kopf aufschlagen
sottostante	darunterliegend
equilibrio *m*	Gleichgewicht

"Se pensa a un **suicidio**, ispettore, sbaglia. Ci sono anche dei libri a terra vicino a Luisa. Forse lei **si è aggrappata ai** libri per **evitare** la **caduta**. La mia ipotesi è un'altra: un **furto** finito male. Mia sorella è a letto, sul soppalco, il **ladro** entra, Luisa si sveglia **di colpo** e..." dice Petrilli.
L'ispettore **ribatte** subito: "Non complichiamo le cose, signor Petrilli. La porta d'ingresso l'abbiamo aperta noi. Né lì né sull'altra porta, quella piccola che dà sul parcheggio, abbiamo visto **segni di scasso**. Le finestre sono chiuse e comunque molto in alto. Da dove è entrato il ladro secondo Lei?"
"Non lo so, ispettore. Io so solo che Luisa stava bene di salute, non posso credere a un **capogiro**... Vede quel **chiodo** sul muro? Per me lì **manca** qualcosa: un quadro, appunto. Per questo ho pensato a un furto. Luisa è... era una grande perfezionista. Eppure su quel muro, tra gli

suicidio *m*	Selbstmord
aggrapparsi a qc./qu.	sich an etw./jmd. festklammern
evitare	verhindern, vermeiden
caduta *f*	Sturz, Fall
furto *m*	Einbruch
ladro *m*	Dieb
di colpo	plötzlich
ribattere	erwidern
segno *m* **di scasso**	Einbruchsspur
capogiro *m*	Schwindel(anfall)
chiodo *m*	Nagel
mancare	fehlen

Bei Verwandtschaftsbezeichnungen im Singular fällt der **bestimmte Artikel vor dem Possessiv** weg! Die Regel gilt aber nicht
- bei Verkleinerungs-, Vergrößerungs- oder Koseformen (*il mio fratellino* = mein kleiner Bruder, *la mia mamma*)
- bei *loro* (*la loro figlia lavora all'estero.* = ihre Tochter arbeitet im Ausland.)
- wenn die Verwandtschaftsbezeichnung durch ein weiteres Adjektiv oder eine andere Spezifizierung näher definiert wird (*la mia zia preferita* = meine Lieblingstante; *la mia sorella di Milano*).

altri quadri, c'è uno **spazio vuoto**. E dov'è la macchina di Luisa? Nel parcheggio non c'è."
"Spesso le cose sono più semplici di quello che pensiamo," risponde Salvini. "Facciamo prima l'autopsia e aspettiamo i risultati."

spazio *m*	Platz, Fläche
vuoto	leer
spento	ausgeschaltet
spostare	verrücken
soprammobile *m*	Nippsache

Esercizio 5: Presente. Wie lauten die passenden Präsensformen? Schreiben Sie auf!

1. Caterina Salvini chiamare *chiama* l'ambulanza.
2. Nel loft non ci essere ______ segni di scasso.
3. L'ispettore pensare ______ a un suicidio, ma volere ______ fare prima l'autopsia.
4. Cristiano non capire ______ perché sul muro c'è uno spazio vuoto.
5. I genitori non sapere ______ ancora che Luisa è morta.

A Napoli, intanto, la madre di Cristiano e Luisa è sulle spine. Sa che il figlio la mattina è tornato in commissariato, ma sono passate più di tre ore e non ha ancora chiamato. Il suo cellulare è **spento**. La signora gira per la casa, **sposta** un **soprammobile** e

Der Ausdruck **essere/stare sulle spine** entspricht der deutschen Wendung *wie auf Nadeln sitzen* (*spina* = Dorn).

cassetto *m*	Schublade
giornale *m*	Zeitung
stare fermo	ruhig bleiben
busta *f*	Umschlag
ospitalità *f*	Gastfreundschaft
utile	nützlich
mittente *m*	Absender

lo rimette al suo posto, apre un **cassetto** e lo richiude, prende in mano il **giornale**, ma non lo legge... Il marito non c'è e lei non riesce a **stare ferma**.
Mentre fa ordine nel soggiorno, vede una **busta** sotto alcuni giornali: è il biglietto che Arianna, l'amica di Luisa, ha mandato a Natale per ringraziarla dell'**ospitalità**. Il biglietto originariamente era in vista sul tavolo. Con il tempo ci sono finiti sopra i giornali ed è stato dimenticato. Adesso però può essere **utile** perché sulla busta c'è scritto il cognome del **mittente**.
La signora Petrilli scrive al figlio un SMS: "Il cognome di Arianna è Vauro, abita in Via Arisio 7. Mi richiami???"

Esercizio 6: Il gioco delle coppie. Finden Sie für jedes Verb das passende Objekt!

1. [c] aprire	a) un appuntamento
2. [ ] scrivere	b) un giornale
3. [ ] leggere	c) un cassetto
4. [ ] fare	d) una macchina
5. [ ] dimenticare	e) un messaggio
6. [ ] parcheggiare	f) una telefonata

3 L'amica milanese

Nonostante il dolore per la **perdita** della sorella, lo stress e la **stanchezza**, Cristiano vuole assolutamente chiarire la morte di Luisa.

La polizia gli sembra troppo lenta. L'ispettore non è interessato alle sue **osservazioni** né capisce la sua **impazienza**. Salvini segue la procedura aspettando tranquillamente l'autopsia.

nonostante	trotz
perdita *f*	Verlust
stanchezza *f*	Müdigkeit
osservazione *f*	Beobachtung
impazienza *f*	Ungeduld
citofono *m*	Sprechanlage
avvenimento *m*	Ereignis

Folgende Verben verlangen anders als im Deutschen ein direktes Objekt: **seguire** = folgen (*Seguimi!* Folge mir!); *aiutare* = helfen (*Ho aiutato tuo figlio.* Ich habe deinem Sohn geholfen.); *ringraziare* = danken (*La ringrazio molto.* Ich danke Ihnen sehr.); *aspettare* = warten (*Ti aspetto qui.* Ich warte auf dich hier.).

Cristiano invece vuole avere subito una risposta alle sue domande.

La sera, verso l'ora di cena, va a suonare a casa di Arianna.

Quando sente il nome al **citofono**, lei apre subito.

"Cristiano, che piacere vederti! Luisa mi ha detto della tua visita... Ma come mai sei qui, solo, a quest'ora? Luisa dov'è? È successo qualcosa?"

Petrilli racconta in breve gli **avvenimenti** dal suo arrivo a Milano.

Statt ***in breve*** (kurz, knapp) kann man auch *brevemente* sagen.

"Allora," finisce, "la polizia ha aperto la porta del loft. Luisa era lì a terra... morta!"
"Morta?" grida Arianna. "È terribile! L'ho vista qualche giorno fa. Ci siamo salutate senza sapere che era l'ultima volta. Quel **dannato** soppalco! Ho detto mille volte che è **pericoloso**, ma tua sorella non mi ha ascoltato. Immagino come ti senti, Cristiano... e anche i tuoi genitori... **abbracciali** per me."

⚡ **dannato**	verdammt
pericoloso	gefährlich
abbracciare	umarmen
consolare	trösten
sbrigare	erledigen
dubbio *m*	Zweifel

Esercizio 7: Traduzione. Übersetzen Sie die Zeitangaben!

1. vor zwei Tagen *due giorni fa*

2. letzten Monat ____________________

3. in einem Jahr ____________________

4. nächste Woche ____________________

5. jeden Sonntag ____________________

A Cristiano fa bene parlare con Arianna.
Fino ad ora **ha consolato** i genitori, **ha sbrigato** le formalità (i) con la polizia e la ditta dove lavora, si è informato per il trasporto a Napoli della morta. Adesso può finalmente parlare con qualcuno dei suoi **dubbi**.

Substantive, die einen **Akzent** auf dem letzten Buchstaben haben, bleiben im Plural unverändert. Z.B.: *la città – le città, l'università – le università.*

"So che gli incidenti **domestici** sono una delle prime cause di morte," dice, "ma nel caso di Luisa alcune cose non mi **convincono**."
"Anche secondo la polizia è stato un incidente, no?"
Cristiano mostra sul cellulare la foto dello spazio vuoto sul muro del loft e chiede ad Arianna che cosa ne pensa.
"Lì c'era veramente un quadro," risponde lei, "ma che importa ora? Forse Luisa l'ha portato alla galleria per un **cliente**: anche le **opere** nel loft **erano in vendita**, non erano mai le stesse."
"Conosci il nome del pittore e sai **descrivermi** quel quadro?" chiede Cristiano.
Arianna scuote la testa: "No, mi dispiace, per me quelle **tele** sono tutte uguali. Hanno prezzi altissimi, ma sembrano fatte da un bambino. Rovelli, per esempio, è un **pittore famoso**, ma le sue opere proprio non le capisco."

domestico	Haus-
convincere	überzeugen
cliente *m/f*	Kunde/Kundin
opera *f*	Werk
essere in vendita	zum Verkauf stehen
descrivere	beschreiben
tela *f*	Leinwand
pittore *m*	Maler
famoso	berühmt

Ist das Verb **importare** transitiv, so bedeutet es *importieren* (*La Germania importa frutta dall'Italia.* = Deutschland importiert Obst aus Italien). Ansonsten lautet die Übersetzung - je nach Zusammenhang - *interessieren, am Herzen liegen, nötig sein* (*Non mi importa* = Es interessiert mich nicht; *Non importa* = Das macht nichts./Es ist nicht nötig.).

Manchmal, vor allem nach einem unbestimmten Artikel, wird das Adjektiv *grande* zu **gran** verkürzt. Es gibt keine feste Regel diesbezüglich, beides ist also korrekt: *un grande pittore* oder *un gran pittore*. Die Verkürzung ist jedoch nicht möglich, wenn *grande* vor maskulinen Substantiven steht, die den bestimmtem Artikel *lo* verlangen (*lo stadio* → *un grande stadio* = ein großes Stadion).

"Povera Luisa," continua, "eravamo diverse, ma ci volevamo un gran bene... E quel Rovelli, famoso o no, è una brutta persona. Luisa ci **ha litigato**, me l'ha detto l'ultima volta. Adesso però devi **farti forza**, Cristiano, mangiamo qualcosa insieme."

Esercizio 8: Il gioco delle coppie. Finden Sie die Synonympaare!

1. [b] voler bene — a) far vedere
2. [ ] capire — b) amare
3. [ ] mostrare — c) raccontare
4. [ ] chiedere — d) comprendere
5. [ ] dire — e) discutere
6. [ ] litigare — f) domandare

Dopo l'**incontro** con Arianna, Cristiano si sente meglio, ma i suoi dubbi rimangono. Per questo va allo studio di Giacomo Rovelli. Ha trovato l'indirizzo senza difficoltà su Internet, sul sito è già **annunciata** una **mostra** del pittore alla galleria Petrilli. Anche Rovelli dice la sua sul chiodo senza quadro: "Ma che tela! Lì c'è sempre stato un banale calendario: grande, **colorato**, ma di nes-

litigare	streiten
farsi forza	sich Mut machen
incontro *m*	Treffen
annunciare	ankündigen
mostra *f*	Ausstellung
colorato	bunt

Der Ausdruck **dire la + entsprechendes Possessivpronomen** bedeutet *die eigene Meinung sagen* (z.B.: *Io ho detto la mia, adesso tocca a voi.* = Ich habe meine Meinung gesagt, jetzt seid ihr dran).

sun **valore**, **tranne che** per Luisa. Lei lì segnava tutto: appuntamenti, commenti sul tempo, sui suoi incontri, **liste della spesa**... tutto, insomma. Era quasi un **diario**."

Cristiano la pensa come Arianna: Rovelli è antipatico.

Il pittore gli **ha fatto le condoglianze**, ma è chiaro che la morte di Luisa non lo tocca affatto[i].

"Lei conosce bene la casa di mia sorella," gli chiede. "C'era tra voi un **rapporto** anche privato?"

Il pittore sorride: "Vuole sapere perché qualche volta ci siamo incontrati in casa e non in galleria? Ma è semplice: gli artisti e anche i galleristi non **fanno orario d'ufficio**. E comunque no: il nostro non era un rapporto privato. Con Luisa c'era un accordo e lei non è stata **onesta** con me. Tanto per chiarire: normalmente io non **espongo** in gallerie come quella di Sua sorella, signor Petrilli. Al mio livello posso **scegliere** di meglio. Ho accettato solo **a un patto**: Luisa **in cambio** ha promesso di esporre le opere di un mio carissimo amico, un giovane pittore molto bravo. Dopo l'**annuncio** ufficiale della mia mostra, invece, lei non l'ha fatto. Abbiamo avuto

valore *m*	Wert
tranne che	außer
lista *f* **della spesa**	Einkaufsliste
diario *m*	Tagebuch
fare le condoglianze a qu.	jmd. sein Beileid aussprechen
rapporto *m*	Beziehung
fare orario d'ufficio	sich an Bürozeiten halten
onesto	ehrlich
esporre	ausstellen
scegliere	wählen
a un patto	unter einer Bedingung
in cambio	als Gegenleistung
annuncio *m*	Ankündigung

i Das Adverb **affatto** heißt *durchaus, ganz und gar* und wird meistens gebraucht, um eine negative Aussage zu verstärken (*La morte di Luisa non lo tocca affatto.* = Luisas Tod berührt ihn überhaupt nicht).

una discussione nel suo loft una decina(i) di giorni fa. Adesso comunque questo non ha importanza. La morte **cancella** tutto... solo l'arte **sopravvive**."
"... quando è vera arte," risponde Cristiano e guarda la tela di Rovelli. "L'amica di Luisa ha parlato di un **litigio**, non di una discussione. E poi è sicura che sul muro manca una tela, non un calendario."

cancellare	(aus) löschen
sopravvivere	überleben
litigio *m*	Streit
annullare	absagen
girare	*hier:* kreisen

Esercizio 9: Preposizioni. Lesen Sie weiter und ergänzen Sie die korrekten Präpositionen, wenn nötig mit dem Artikel!

Il pittore è chiaramente irritato: "Signor Petrilli, che cosa vuole **1.** ___*da*___ me? Ho già abbastanza problemi **2.** __________ la mostra che ora devo **annullare**. Discussione o litigio: che differenza fa? **3.** __________ calendario ho detto la verità. Lei naturalmente è libero di credere **4.** __________ amica e non **5.** __________ me."

Fuori dallo studio di Rovelli, Cristiano entra in un bar. Ha bisogno di una pausa e di un caffè.

Anche se non vuole pensarci, le parole di Rovelli e di Arianna gli **girano** nella testa.
Che cosa c'era veramente sul

> (i) **una decina** = etwa zehn; *una trentina* = etwa dreißig; *un centinaio* = etwa hundert; *un migliaio* = etwa tausend.

muro: un quadro o un calendario? La verità è una sola. Chi vuole **nasconderla** e perché? C'è qualcosa nella vita di sua sorella che lui non conosce? Luisa ha avuto un capogiro? Un ladro l'**ha spaventata** e lei ha perso l'equilibrio alzandosi di colpo dal letto? Tutto è possibile, ma **ormai** è irrilevante. Luisa non c'è più. È caduta da quel dannato soppalco ed è morta. Punto. È caduta ed è morta.

nascondere	verbergen
spaventare	erschrecken
ormai	nun, nunmehr
dare la colpa a qu./qc.	jmd./etw. die Schuld geben

Cristiano guarda la tazza vuota per un po'.
Poi paga e esce per telefonare.
"Ispettore Salvini? Buonasera, sono Petrilli. Ho ripensato a una frase di Arianna Vauro, un'amica di Luisa... No, non parlo del chiodo sul muro e nemmeno della macchina... Ah, l'avete trovata, è dal meccanico? Va bene, poi telefono... Io ho incontrato la signora Vauro ieri sera. Appena le ho detto che siamo entrati e abbiamo trovato Luisa morta, Arianna **ha dato** subito **la colpa al** soppalco. Capisce, ispettore? Subito! Io non le avevo ancora raccontato nessun dettaglio e sul giornale non c'era ancora niente... Sì, la signora Vauro conosce il loft. Sa che quella libreria è bassa, ma perché ha parlato proprio del soppalco? Si può morire per infarto, per overdose, per... Certo, in questi casi l'autopsia viene prima di tutto... D'accordo, aspettiamo i risultati. Allora a domani."

4 L'amante misterioso

È passata una settimana. Cristiano ormai può tornare a Napoli. Nel loft di Luisa, per il momento, ci sono i **sigilli** della polizia. Secondo l'autopsia, Luisa è caduta dal soppalco ed è morta per l'**urto** contro il marmo della cucina. Non ci sono **tracce** di alcol o droghe e nemmeno di problemi cardiaci. Forse la donna **è inciampata** su un libro a terra. O forse qualcuno l'**ha spinta**: alcuni **segni** sul cadavere lo fanno pensare. Il medico non vuole **escludere** l'ipotesi.

amante *m/f*	Liebhaber(in)
sigillo *m*	Siegel
urto *m*	Stoß, Aufprall
traccia *f*	Spur
inciampare	stolpern
spingere	(hinunter) stoßen
segno *m*	Zeichen
escludere	ausschließen
referto *m*	Bericht
indagine *f*	Ermittlung

"Immagino quello che Lei ha pensato della polizia in questi giorni," ha detto l'ispettore a Cristiano prima della partenza. "Ora la situazione è più facile anche per me, deve credermi. Senza il **referto** del medico avevo le mani legate[i]. Poi ho cominciato subito le **indagini**, anche sulla base delle Sue osservazioni. Certo, non sappiamo se Sua sorella ha dato a qualcuno la chiave

> **ho avuto le mani legate** bedeutet *mir waren die Hände gebunden* (*legare* = (fest)binden). Weitere feste Ausdrücke mit *mano* bzw. *mani* sind: *avere mano libera* = freie Hand haben; *dare una mano a qu.* = jmd. helfen; *essere alla mano* = umgänglich sein; *man mano / a mano a mano* = allmählich; *venire alle mani* = handgreiflich werden.

del loft, però c'è la **telecamera** del negozio lì vicino. Il **campo** non copre il **portone** di Luisa, ma si ferma poco prima. Stiamo già controllando le **registrazioni**. Anche i colleghi della **scientifica** stanno lavorando. E c'è il laptop nella galleria... Insomma, signor Petrilli, può tornare a casa tranquillo: se c'è qualcosa, la chiamiamo."

telecamera *f*	Videokamera
campo *m*	*hier:* Blickfeld
portone *m*	Tor
registrazione *f*	Aufnahme
(polizia) *f* **scientifica**	Spurensicherung
vicolo *m* **cieco**	Sackgasse

Esercizio 10: Vero o falso? Welche Aussagen stimmen? Kreuzen Sie an!

1. Luisa non ha bevuto o preso droghe. ☒
2. È morta perché ha battuto la testa sulla scala di metallo. ☐
3. Il medico ha escluso un incidente domestico. ☐
4. Cristiano deve rimanere a Milano per aiutare la polizia. ☐
5. Nel loft di Luisa ci sono i sigilli della polizia. ☐
6. Il laptop di Luisa si trova nella galleria. ☐

In realtà l'ispettore Salvini sa bene che il caso è complicato. Quando la causa della morte non è certa, le indagini rischiano di finire in un **vicolo cieco**.

Giacomo Rovelli si vede due volte nelle registrazioni della telecamera: l'ultima volta proprio la sera della morte della gallerista. Il pittore ha detto di essere passato davanti al loft per andare in una pizzeria. I camerieri non si ricordano di lui, ma non escludono nemmeno la sua visita. Per il resto della serata, Rovelli non ha un alibi. Secondo Cristiano Petrilli la sorella era single. Sul letto nel soppalco però ci sono tracce di sperma. Il giorno in cui è morta Luisa è stata ripresa dalla telecamera mano nella mano con un uomo. Pioveva, lei aveva l'**ombrello**, lui il **cappuccio tirato su**. Il viso dell'uomo non si riconosce, la giacca ha un **disegno** a forma di **drago**.

ombrello *m*	Regenschirm
cappuccio *m*	Kapuze
tirato su	hochgezogen
disegno *m*	Zeichnung
drago *m*	Drache
quanto a...	bezüglich
squadra *f*	Team
a questo punto	jetzt
essere di turno	Dienst haben
comunicato *m*	Mitteilung

Achtung: **su** schreibt man immer ohne Akzent, *giù* immer mit!

Una giacca così non si vede in nessuna foto del laptop di Luisa. Il cellulare non si trova.

Quanto allo spazio vuoto sul muro, la signora Vauro insiste sulla sua versione, Rovelli pure e la vicina ricorda "qualcosa" con dei disegni astratti.

"Non ci sono novità," dice Salvini ai colleghi della sua **squadra**. "**A questo punto** dobbiamo dire ai giornalisti della giacca con il drago. Oggi è tardi e io stasera **sono di turno**, domani però facciamo il **comunicato** e diamo anche la foto."

Die maskuline und die feminine Form einiger Substantive sind gleich, man kann das Geschlecht nur am Artikel erkennen. Weitere Beispiele: il/la *giornalista* = Journalist/Journalistin; il/la *nipote* = Enkelsohn/Enkeltochter bzw. Neffe/Nichte; il/la *preside* = Schuldirektor/Schuldirektorin.

Esercizio 11: Parole in disordine. Lesen Sie weiter und bilden Sie sinnvolle Sätze mit den Wörtern in der richtigen Reihenfolge!

1. Quella il più solito turno sera comincia del tranquillamente

Quella *sera il turno comincia più tranquillamente del solito* .

2. La dieci per chiamata prima verso Salvini arriva le .

La ______________________________.

3. Una signora stanno due persone litigando avverte che furiosamente .

Una signora ______________________________

______________________________.

Sono un uomo e una donna. Secondo lei al piano di sopra c'è il **rischio** di un femminicidio.

4. La numero Arisio signora al via di 7 abita .

La ______________________________.

Quando sente l'indirizzo, Salvini **si irrigidisce**: è lo stesso di Arianna Vauro.
I poliziotti devono suonare il campanello più volte.

Der Neologismus **femminicidio** bedeutet *Frauenmord.*

Alla fine aprono in due: la Vauro e un uomo che l'ispettore non conosce.

Nell'ingresso c'è una giacca con un drago rosso sulla **schiena**.
"Signora Vauro, tutto bene?" chiede Salvini.
Arianna è rossa in viso, ha i capelli in disordine. È chiaramente **sorpresa** di trovarsi davanti l'ispettore.
"Ah, è venuta Lei," risponde. "Niente, tutto bene. Ho litigato con il mio compagno, succede, no? Qualche volta però i **vicini**..."
"È sicura di stare bene?" chiede Salvini. "Il signore ha un **documento d'identità**?"
L'uomo prende il **portafoglio** dalla giacca con il drago e mostra il documento.
"Sono Cesare Forti, l'ex compagno della signora Vauro: io con lei non ho più niente a che fare. **Anzi**, La avverto ispettore: la signora **mente** molto bene. Dice che Luisa era sua amica, ma l'ha uccisa lei! **Per intenderci**: Luisa Petrilli."
A testa bassa, Vauro non reagisce.
L'ispettore guarda **ora** lei **ora** Forti. Forse l'uomo vuole spingere l'ex compagna a **prendersi la colpa** di un **delitto** nel quale **sono coinvolti** tutti e due o lui solo.
"Allora?" chiede alla fine Salvini. "Vuole dire qualcosa, signora Vauro? Se ha **paura** del signor Forti, non si preoccupi: sono qui io."
"Paura di me?" interviene Forti. "Allora non ha capito, ispetto-

rischio *m*	Risiko
irrigidirsi	erstarren
schiena *f*	Rücken
sorpreso	überrascht
vicino/a *m/f*	Nachbar(in)
documento *m* **d'identità**	Ausweis
portafoglio *m*	Geldbeutel
anzi	im Gegenteil
mentire	lügen
per intenderci	damit wir uns verstehen
ora... ora...	einmal... einmal...
prendersi la colpa	die Schuld auf sich nehmen
delitto *m*	Straftat
essere coinvolto	verwickelt sein
paura *f*	Angst

re! Io quel pomeriggio sono stato con Luisa... sì, anche a letto. Poi però l'ho lasciata sola: aveva un appuntamento con Arianna, una cosa tra donne."

"Può spiegarsi meglio, per favore?"

"Io prima ero fidanzato con Arianna. Poi **mi sono innamorato di** Luisa e lei di me. Per Arianna è stato un dramma."

"Mi **hanno tradito** in due," grida Arianna, "il mio uomo e la mia amica! Luisa quella sera mi ha invitato da lei per un **chiarimento**. Io ho sperato di sentire che tra lei e Cesare non c'era più niente. Invece no! **Dal basso** ho visto un **maglione** di Cesare sulla libreria del soppalco e così **sono salita** per prenderlo. Luisa mi ha seguito, me l'**ha strappato** dalle mani. Abbiamo litigato..."

"**Siete venute alle mani**?" vuole sapere Salvini.

"No... sì... forse. In ogni caso Luisa è inciampata ed è caduta giù... Era lì **immobile**... Non ho avuto dubbi: per me era morta. Nel panico ho preso il suo cellulare, il calendario sul muro dove era scritto il nostro appuntamento e **sono scappata**."

Arianna **scoppia in lacrime**: "È stato un incidente, lo **giuro**!"

"Capisco il panico," risponde freddamente l'ispettore. "Ma Lei ha pensato a cancellare le tracce, signora Vauro. Sulla strada è passata fuori dal campo della telecamera."

"E allora? Luisa mi ha detto di parcheggiare sul **retro** perché la sua macchina era dal meccanico e il posto era libero."

innamorarsi di qu.	sich in jmd. verlieben
tradire	betrügen
chiarimento *m*	*hier:* Aussprache
dal basso	von unten
maglione *m*	Pullover
salire	hochsteigen
strappare	reißen
venire alle mani	handgreiflich werden
immobile	regungslos
scappare	fliehen
scoppiare in lacrime	in Tränen ausbrechen
giurare	schwören
retro	*hier:* Hinterhof

Esercizio 12: Definizioni. **Enträtseln Sie die Definitionen und finden Sie das Lösungswort!**

1. Abitano nello stesso edificio: [V] _I_ _C_ _I_ _N_ _I_
2. Si suona per entrare: _ _ _ _ _ _ [ ] _ _ _
3. Era insieme ai quadri sul muro del loft: _ _ _ _ _ _ _ [ ] _ _
4. Mobile per tenere in ordine i libri: _ _ _ _ _ _ [ ] _
5. Forti lo prende dal portafogli e lo mostra all'ispettore: _ _ _ _ _ _ _ [ ] _ d'identità
6. Lo sono Napoli e Milano: _ _ _ _ [ ]

Lösung: [V] [ ] [ ] [ ] [ ] [ ]

confessare	gestehen
ϟ **Macché!**	Ach was!
sospetto *m*	Verdacht
non dare pace	keine Ruhe geben

Salvini insiste: "Dopo, comunque, Lei ha mentito sempre... O **ha confessato** almeno al Suo ex compagno?"
Forti scuote la testa: "**Macché**, ispettore! Il cellulare di Luisa era sempre spento e io non ho voluto chiamare Arianna per saper qualcosa. Ho avuto il primo **sospetto** quando ho letto della morte sul giornale. Però ho cercato di non pensarci: io e Arianna siamo stati insieme cinque anni, ero convinto di conoscerla. Poi è uscito un altro articolo con i risultati dell'autopsia e il dubbio **non** mi **ha dato pace**. Questa sera ho voluto

pregare	bitten
testimone *m/f*	Zeuge/Zeugin
coraggio *m*	Mut
vigliacco *m*	Feigling
braccio *m*	Arm

sapere la verità. Arianna mi **ha pregato** di non rovinarle la vita per un incidente… Ma è stato veramente un incidente? Io non ci credo."

Arianna fa un passo verso Forti: "Invece è così! Senza **testimoni**, però, chi mi crede? Per questo non ho avuto il **coraggio** di andare dalla polizia. Tu, Cesare, sei **vigliacco** quanto me! Non hai detto nulla! Dovevo parlare prima io, o meglio: solo io."

I poliziotti hanno sentito abbastanza.

"Andiamo in commissariato," dice Salvini.

L'ispettore prende Arianna e Forti per il **braccio**.

L'uomo non capisce.

"Anche io?" chiede. "E perché?"

"Anche Lei."

Una scoperta terribile

Tiziana Stillo

1 Buon compleanno!

È il due settembre. Sono le otto di un bel giovedì mattina. Dalla finestra entra la luce del sole.

Luca è ancora a letto, sono gli ultimi giorni delle vacanze estive. La porta della camera si apre e suo padre, Fabrizio Orsini, entra con una torta in mano. Sopra la torta ci sono dieci **candeline**.

Il papà canta:

"Tanti auguri (i) a te, tanti auguri a te! Tanti auguri a Luca, tanti auguri a te!"

"Grazie papà," risponde Luca con voce **insonnolita**.

"Adesso pensa a un **desiderio** e poi **spegni** le candeline, quest'anno sono dieci!" dice il padre.

"Mmh, okay... fatto!" con un **soffio** il bambino spegne tutte le candeline e si alza **veloce** dal letto.

"Mmh, torta al cioccolato e **panna**! La mia preferita!"

"Lo so! Oggi è un giorno speciale, niente **fette biscottate** o biscotti: si fa colazione (i) con la torta! Da bere tè o **orzo**?"

scoperta *f*	Entdeckung
compleanno *m*	Geburtstag
candelina *f*	Geburtstagskerze
insonnolito	schläfrig
desiderio *m*	Wunsch
spegnere	*hier:* auspusten; ausmachen
soffio *m*	Blasen, Puster
veloce	schnell
panna *f*	Sahne
fetta *f* **biscottata**	Zwieback

(i) Das klassische Geburtstagslied mit der bekannten Melodie enthält die universale Glückwunschformel **tanti auguri**, die zu fast allen Angelegenheiten passt, bei der man „alles Gute" wünscht.

"Orzo! Con il latte però!"
"Certamente!"
Luca segue il padre in cucina. Sopra il tavolo ci sono **palloncini** e **festoni** con la scritta "Buon compleanno". Il papà ha pensato proprio a tutto.

orzo *m*	Gerste, Gerstenkaffee
accompagnare	begleiten
palloncino *m*	Luftballon
festone *m*	Girlande
sorridere	lächeln
tristezza *f*	Traurigkeit
accompagnare	begleiten

Grundsätzlich ist das **Frühstück** (*colazione*) in Italien süß: Kekse, Croissants (*cornetto*) oder Kuchen werden zu Espresso, Milch oder Cappuccino gern gegessen. Wer es gesünder mag, greift zu Joghurt mit Müsli oder Zwieback mit Butter und Marmelade. Gerstenkaffee (*orzo*) ist eine gute koffeinfreie Alternative, die in Italien immer beliebter wird.

Luca **sorride** felice e per un momento gli sembra tutto come prima. Poi però sente di nuovo quella **tristezza** nel cuore. La tristezza che lo **accompagna** già da due anni. Il padre lo guarda e capisce subito.

Esercizio 1: Colazione italiana. Welches Wort passt nicht in die Reihe? Finden Sie das schwarze Schaf und streichen Sie es durch!

1. latte tè caffè gelato
2. cornetto biscotti prosciutto brioche
3. tè burro formaggio marmellata
4. pomodori mattina sera pomeriggio
5. yogurt cereali pizza orzo

"Stai pensando a lei, vero?" Luca **fa segno di sì** con la testa. Il papà lo **abbraccia** forte e poi dice a voce bassa: "Manca anche me."

I due **rimangono** così abbracciati e in silenzio per qualche minuto (i). Poi il bambino domanda:

fare segno di sì	nicken
abbracciare	umarmen
rimanere	bleiben
regalo *m*	Geschenk
viso *m*	Gesicht
illuminarsi	sich aufhellen
sorpresa *f*	Überraschung
nascondere	verstecken; verbergen

> (i) Nach **qualche** (einige) folgt immer der Singular: z. B. *qualche minuto* (einige Minuten), *qualche giorno* (einige Tage).

"Ma tu non devi andare al lavoro oggi?"

"Oggi no. Ho preso un giorno di ferie perché voglio fare un **regalo** speciale al festeggiato..." risponde il padre.

Il **viso** del bambino **si illumina**:

"Davvero? Che regalo?"

"È una **sorpresa**," risponde il papà.

"Dove lo **hai nascosto**? Adesso lo vado a cercare!"

> (i) **Unbetonte Objektpronomen** stehen im italienischen Satz vor dem konjugierten Verb. Ist im Satz ein Modalverb wie *potere, volere, dovere,* kann das Pronomen entweder vor dem konjugierten Modalverb stehen (*lo puoi trovare*) oder an den Infinitiv des anderen Verbs gehängt werden (*puoi trovarlo*). Das jeweilige Verb verliert dabei das „e" am Ende. Beide Positionen sind gebräuchlich.

"Non puoi trovarlo (i)!"

"Io trovo tutto, di questo puoi essere sicuro!"

"Ma questo regalo non è qui, quindi non puoi trovarlo," dice il padre. Forza (i), adesso facciamo colazione, poi ci vestiamo e andiamo a cercare il tuo regalo!"

"Non lo hai ancora comprato? Ma se lo compriamo insieme non è una sorpresa!"

> **Forza** (Kraft, Stärke) benutzt man oft in der Bedeutung einer Anfeuerung, wie etwa „Los!" oder „Auf geht's!"

"Caro Luca, sei troppo **curioso**! Vuoi una sorpresa o no?"
domanda il padre.
"Sì, la voglio. Adesso non faccio più domande, **promesso**!"
"Benissimo!"
Il padre **versa** il latte con l'orzo per suo figlio.
Qualche minuto dopo si sente il rumore della moka.
Fabrizio spegne il **fornello** a gas e versa il caffè nella tazzina. Il profumo **riempie** la cucina.
"Mmh... la torta è fantastica!" dice Luca. "L'hai presa alla **pasticceria** *Il Cornettone*"?
"Sì, come sempre."
Dopo la colazione i due si lavano, si vestono e escono di casa.

curioso	neugierig
promettere	versprechen
versare	einschütten
fornello *m*	Herdplatte
riempire	füllen
pasticceria *f*	Konditorei
allacciare	anschnallen
cintura *f* **di sicurezza**	Sicherheitsgurt
accendere	anmachen, einschalten

> Mit **moka** wird auf Italienisch der herkömmliche (manuelle) Espressokocher bezeichnet, der auf den Herd gestellt wird. Eine *moka* gehört zur Grundausstattung in jedem italienischen Haushalt.

Salgono in macchina e **allacciano** le **cinture di sicurezza**.
Quando Fabrizio entra in autostrada suo figlio domanda:
"Andiamo lontano?"
"Un po'. Ci vuole circa un'ora, dipende dal traffico. Musica?"
"Sì! **Accendi** la radio!"

> **Volerci** (brauchen) ist ein unpersönliches Verb, das immer von einem Substantiv gefolgt wird. Der Numerus und Genus gleicht sich dem dazugehörigen Substantiv an (z. B.: *Ci vuole un'ora* aber *Ci vogliono due ore*).

Esercizio 2: Verbi riflessivi. **Konjugieren Sie die reflexiven Verben im Präsens!**

1. Durante le vacanze i bambini alzarsi *si alzano* tardi.
2. Io svegliarsi ________________ sempre presto.
3. Noi prepararsi ________________ per andare alla festa.
4. Perché tu non divertirsi ________________?
5. Voi rilassarsi ________________ in giardino.

Luca conosce molte delle canzoni alla radio e canta a voce alta. Con la musica il tempo passa velocemente. C'è poco traffico e quando Luca vede i **cartelli dell'uscita** capisce:
"Papà! Stiamo forse andando a Gardaland(i)?"
"**Indovinato**!"
"Grazie! Questo è il regalo più bello che potevi farmi!"
Luca è felice.

cartello *m* **di uscita**	Ausfahrtschild
indovinare	erraten
squillare	läuten, klingeln
cellulare *m*	Handy
raccontare	erzählen
paterno	väterlicherseits

Mentre stanno parcheggiando **squilla** il **cellulare** di Luca. È la nonna(i) che vuole fargli gli auguri di buon compleanno.
"Nonna! Ciao!" risponde il ragazzo. "Grazie! Non puoi immaginare dove siamo io e papà: a Gardaland! Sì, sono felicissimo! Va bene, allora ci vediamo stasera così ti **racconto** tutto! Ciao!"
Fabrizio e Luca passano una bellissima giornata al luna park(i). La sera festeggiano il compleanno del bambino insieme a tutta la famiglia a casa dei nonni **paterni**. Anche i nonni

materni e la zia, la sorella della mamma di Luca, sono invitati. Dopo la **scomparsa** di Gabriella, mamma di Luca e ex moglie di Fabrizio, le due famiglie **si sono riavvicinate** per amore del bambino. Cercano così di **riempire** il **vuoto** terribile lasciato da Gabriella. Sono ormai due anni che la donna **è scomparsa** senza lasciare un messaggio, né una **traccia**.
Al momento della sua scomparsa Gabriella e Fabrizio erano separati. Lei viveva con un altro uomo. E questo era causa di **liti** e problemi fra le due famiglie.

> Im Italienischen werden Freizeitparks **luna park** genannt. So hieß ein New Yorker Jahrmarkt, der 1903 eröffnet wurde und eine Attraktion anbot, die eine „Reise zum Mond“ (*luna*=Mond) versprach.

materno	mütterlicherseits
scomparsa *f*	Verschwinden
riavvicinarsi	sich wieder näher kommen
riempire	(auf)füllen
vuoto *m*	Leere
scomparire	verschwinden
traccia *f*	Spur
lite *f*	Streit
madrina *f*	Patentante
turno *m*	Schicht
comunque	jedenfalls

> Achtung falscher Freund:
> la **nonna** – die Oma;
> *la suora* – die Nonne.

Ma adesso i rapporti sono buoni e stasera sono tutti insieme, questo è quello che conta. L’unica persona che manca è Lia, la migliore amica di Gabriella e **madrina** di Luca.
“Perché Lia non è venuta?”
“Stasera deve lavorare,” risponde la nonna. “Ha il **turno** di notte all’ospedale. **Comunque** ha il fine settimana libero. Ti viene a prendere sabato mattina, così passate la giornata insieme. Non ti ha scritto un messaggio di auguri?”

> **Gardaland** liegt in Norditalien, fast an den Ufern des Gardasees. Seit seiner Eröffnung 1975 ist er der größte Freizeitpark Italiens.

Il bambino guarda il cellulare e poi dice:
"Sì, mi ha scritto due ore fa, ma io non l'ho visto!"
"Questo è buono: dimostra che non sei sempre col cellulare in mano!" dice la zia.
Poi gli dà un pacco grande e continua:
"Adesso puoi metterlo di nuovo via perché è arrivato il momento dei regali. Sei pronto a **scartare**?"
"Certo!" dice Luca felice.

scartare	*hier:* auspacken

Esercizio 3: Le parole della macchina. Wie heißen die Begriffe bei einem Auto und wie hingegen bei einem Haus bzw. Wohnung? Ordnen Sie zu!

porta specchietto sportello sedile finestrino
specchio sedia finestra

casa	macchina
____________	____________
____________	____________
____________	____________
____________	____________

2 Vista dall'alto

A Luca piace tanto andare a casa di Lia. Lia abita in città alta[i] proprio nel centro storico. Le piccole vie piene di negozi storici sono chiuse al traffico e sempre piene di turisti.

Bergamo ist eine Stadt in der Lombardei mit über 120.000 Einwohnern. Die Stadt ist reich an Geschichte, Kultur und wunderschönen Landschaften. Die Besonderheit von Bergamo besteht in der Unterteilung in Oberstadt, la **città alta**, das malerische mittelalterliche Stadtzentrum auf dem Hügel, und Unterstadt, *la città bassa*, die die moderne Seite der Stadt zeigt.

colle *f*	Hügel
cima *f*	Gipfel
binario *m*	Gleis, Schiene
ripido	steil

Lia e Luca sono alla stazione della funicolare[i] che va sul **colle** di San Vigilio. Dalla **cima** del colle si può ammirare tutta Bergamo. È un panorama fantastico.
Arriva la funicolare. Lia e Luca salgono per primi, sono direttamente dietro il macchinista. Questi sono i posti migliori. Da qui si vedono i **binari** che salgono **ripidi** sul colle. Luca conosce bene il

Die Stadtseilbahn, la **Funicolare**, verbindet seit über 130 Jahren die Oberstadt von Bergamo mit der Unterstadt. Während der kurzen Fahrt in das historische Stadtzentrum erleben die Fahrgäste einen Höhenunterschied von 85 Metern auf einer Länge von nur 240 Metern. Die „zweite" Seilbahn führt weiter zum Hügel San Vigilio, von dem man einen atemberaubenden weiten Blick auf die Stadt und ihre Umgebung hat.

breve percorso, ma ogni volta è emozionante.
Scendono dalla **vettura**, escono dalla stazione e vanno verso il Castello di San Vigilio. La strada è in salita. Arrivati nel **cortile** del castello si siedono su una panchina.

> Mit dem **Imperfetto** werden Handlungen ausgedrückt, die sich regelmäßig und wiederholt in der Vergangenheit abgespielt haben.

Per un po' di tempo restano in silenzio a guardare il panorama.
Il cielo è chiaro e il sole è caldo.
Dopo un po' Luca domanda:
"Lia, la mamma mi voleva bene?"
"Ma certo, tesoro! Che domande... Lo sai benissimo! Per lei tu eri la cosa più im-

> Der Ausdruck **volere bene** bedeutet „lieb haben". Er wird gerne für Freunde und Familie verwendet. Das Verb *amare* (lieben) wird eher unter Verliebten verwendet.

breve	kurz
vettura *f*	Wagen, Waggon
cortile *m*	Hof
segreto *m*	Geheimnis
sospirare	seufzen

"Io e tua madre venivamo spesso qui per raccontarci i nostri **segreti** di ragazze," dice Lia.
Luca **sospira** e non dice niente.

> Substantive, die auf -a enden, sind in der Regel feminin. Es gibt aber einige Substantive die auf -a enden und maskulin sind. Im Plural behalten sie jedoch die typische Pluralendung des Maskulins. Z.B.: **il panorama**, *i panorami; il problema, i problemi; il programma, i programmi; il trauma, i traumi.*

portante della sua vita."
"Allora perché è andata a vivere con quel tipo? Perché ha lasciato me e il papà? Tu lo sai?"
Lia sospira.
Poi risponde.

"L'amore è una cosa complicata."

"No, per me è semplice: se ami davvero la tua famiglia non la lasci, non vai a vivere con un altro. E poi non **sparisci** per sempre senza dire niente!"

sparire	verschwinden
colpa *f*	Schuld
odiare	hassen
↯ **pallone** *m* **gonfiato**	aufgeblasener Mensch, eingebildeter Affe
cervello *m*	Gehirn
arrabbiato	wütend
detto *m*	Spruch

"Vedi, Luca, la tua mamma e il tuo papà erano molto giovani quando si sono conosciuti, erano ancora a scuola. Si sono sposati a vent'anni e poi sei nato tu. Forse era troppo presto, hanno fatto tutto molto velocemente. Forse per questo l'amore è finito."

"Per papà l'amore non è finito. Lui la ama ancora! È **colpa** di quel Toni. Io lo **odio**!"

"Vuoi sapere una cosa?"

"Sì, dimmi!"

"Toni non è mai stato simpatico neanche a me. Però non si può parlare di colpa: tua madre si è semplicemente innamorata di lui. È un bell'uomo, non trovi?"

"È solo un **pallone gonfiato** pieno di muscoli e senza **cervello**!" dice il bambino **arrabbiato**.

Lia ride.

"È quello che dice sempre il tuo papà, vero?"

Typische italienische **Kosenamen** für Kinder sind **tesoro** (Schatz), *amore* (Lieber/s), *cucciolo* (Welpe, Tierkind, Kleine/r) *passerotto* (Spatz) oder *stellina* (Sternchen).

"Lo penso anch'io!"

"Conosci il **detto** 'al cuor non si comanda', no?"

"È un detto stupido!"

"Ma vero. Quando sei grande ne riparliamo."

Esercizio 4: Desinenze. Lesen Sie weiter und ergänzen Sie die Adjektivendungen!

Restano ancora un po' in silenzio.

Poi Luca domanda:

"Lia, secondo te la mamma è **1.** mort_a_?"

Il bambino la guarda con occhi **2.** ser__ e **3.** trist__.

Sembrano gli occhi di un **adulto**.

"Non lo so, tesoro. Io continuo a sperare di no."

"Ma allora perché **è scappata** senza lasciare un messaggio? Perché non ci chiama?"

"Non lo so. Forse ha perso la **memoria**. Forse non sa più chi è e ha cominciato **4.** un'altr__ vita in **5.** un altr__ posto."

"Ma come si fa a perdere la memoria e a dimenticare tutto?"
"Forse con un trauma, con un **incidente**."
"Ma perché nessuno l'ha vista?"
"Non lo so, caro."
"**Secondo me** Toni ha detto una **bugia**! Non è vero che l'ha accompagnata alla stazione! Per me non ha mai preso quel treno!"

adulto *m*	Erwachsene
scappare	weglaufen
memoria *f*	Gedächtnis
incidente *m*	Unfall
secondo me	meiner Meinung nach
bugia *f*	Lüge

"E per te allora che cosa è successo?" domanda Lia.
"Io, io... non lo so."
"Aveva un appuntamento (i) di lavoro a Milano, questo è sicuro. Toni non ha detto una bugia. Anche la vicina di casa li ha visti uscire quella mattina e tua madre aveva un trolley. Secondo me lei ha preso il treno. Però per qualche motivo non è andata all'appuntamento. Forse non è scesa a Milano, forse si è addormentata ed è arrivata chissà dove..."

purtroppo	leider
indagine *f*	Ermittlung
promessa *f*	Versprechen
compassione *f*	Mitgefühl

"E poi?"
"E poi non lo so, tesoro. La scomparsa della tua mamma resta un mistero **purtroppo**. Neanche la polizia è riuscita ad andare avanti nelle **indagini**."
"Secondo me la polizia non ha lavorato bene. Quando sono grande voglio fare il poliziotto. La trovo io la mamma, è una **promessa**."
"Ti prendo in parola," dice Lia e sorride.
Lia prova tanta **compassione** per Luca.

> Das italienische Wort **appuntamento** wird sowohl in beruflichen als auch in privaten Situationen verwendet, z. B.:
> *Ho un appuntamento di lavoro.* (Ich habe einen Arbeitstermin.)
> *Stasera ho un appuntamento con gli amici.* (Heute Abend habe ich eine Verabredung mit Freunden.)

Lei sa bene che le possibilità di ritrovare Gabriella viva sono minime dopo tutto questo tempo.
Però non può dire questo al bambino, inoltre sognare un po' con lui fa bene anche a lei.
"Senti," dice dopo un po'. "Qui fa caldo e a me è venuta fame. Che ne dici di tornare in città alta a prendere un bel gelato?"

Gli occhi di Luca si illuminano.
"Sì! Posso prendere tre gusti(i)?"
"Anche quattro se vuoi!"
"Mmh! **Ho** già **l'acquolina in bocca**! Prendo vaniglia, cioccolato e naturalmente stracciatella! È il mio gusto preferito!"
"Sei un vero bergamasco(i)!" esclama Lia.
"Perché?"
"Come perché? La stracciatella è "IL" gelato di Bergamo! Questo gusto **è** stato **inventato** qui, non lo sapevi?"

Eine **Eiskugel** wird im Italienischen in der Regel mit un **gusto** („eine Sorte") bezeichnet. Das liegt daran, dass in vielen Eisdielen das Eis nicht als Kugel, sondern mit einer flachen Spatel portioniert wird.

"No! Allora da adesso mi piace ancora di più!" risponde Luca e ride. Poi continua: "E invece qual è il tuo gusto preferito?"
"Mah, devo dire che non ho un gusto preferito. Mi piacciono tutti i gusti. Oggi però ho voglia di un gelato alla frutta."
"Allora non sei una vera bergamasca," scherza Luca.
"**Hai ragione**, infatti sono nata a Torino!"
"Ma come...?" domanda Luca.
"Sì, la mia famiglia **si è trasferita** qui quando avevo un anno, quindi nei miei ricordi ho sempre abitato a Bergamo. Però io non sono nata qui."
I due tornano alla stazione e riprendono posto nella funicola-

Bergamasco wird sowohl jeder Bürger von Bergamo bezeichnet, als auch der Dialekt, der in der Stadt gesprochen wird.

avere l'acquolina in bocca	das Wasser im Munde zusammen laufen
inventato	erfunden
avere ragione	Recht haben
trasferirsi	umziehen

re. Anche questa volta riescono a prendere i primi posti per **godersi** la **discesa**.

"In discesa mi piace ancora di più," dice Luca. "Mi sembra quasi di **cadere**!"

"Tieniti forte, allora!"

Con un rumore metallico la vettura si mette in movimento.

godersi	genießen
discesa *f*	Abfahrt
cadere	(hin)fallen

Esercizio 5: Infinito. Schreiben Sie neben jedes Partizip den Infinitiv des jeweiligen Verbs!

1. riuscito *riuscire*

2. nato ______________________

3. messo ______________________

4. preso ______________________

5. detto ______________________

3 La nuova casa

Sono le sette e mezzo[i] di sera. Fabrizio e Luca stanno cenando a casa dei nonni paterni. Lo fanno quasi tutte le sere durante la settimana. I nonni si occupano del bambino quando il papà è al lavoro. La sera lui viene a prenderlo e quasi sempre cenano lì. Poi vanno a casa. L'appartamento dove vivono non è lontano dalla casa dei nonni. Sono solo dieci minuti a piedi.
Mentre cenano Luca racconta del suo primo giorno di scuola. L'atmosfera è **allegra**. Poi a un certo punto squilla il cellulare di Fabrizio. Quando l'uomo guarda il display e legge "Toni Mancini" la sua faccia diventa **tesa**. Si alza e va nell'altra stanza.

Esercizio 6: Preposizioni. Lesen Sie weiter und ergänzen Sie die Präpositionen!

in in fra a al

"Pronto?" risponde. "No, **1.** ________ momento non siamo **2.** ________ casa... Ah, ho capito... Facciamo **3.** ________ un'ora... Va bene... Ciao."

Dopo la breve telefonata torna **4.** ________ cucina, si siede e ricomincia a mangiare **5.** ________ silenzio. Si vede che è nervoso.

Bei der Uhrzeitangabe wird sowohl **mezzo** als auch *mezza* gebraucht: *Sono le sette e mezzo/mezza.*

Luca guarda i nonni e poi domanda:
"Papà, chi era?"
Fabrizio non risponde subito. Poi dice a voce bassa:
"Era Toni."
La nonna allora chiede:
"Che vuole da te?"
"Niente. Vende la casa, per questo l'**ha svuotata** e ha alcuni **scatoloni** con **roba** di Gabriella. Fra un'ora li porta a casa nostra."
Luca **abbassa** gli occhi. L'allegria di prima è sparita.
"Perché vende la casa?" domanda il nonno.
"Ha un nuovo amore. Una dominicana, si trasferisce con lei a Santo Domingo."
Il nonno fa un sorriso sarcastico e poi dice:
"Tipico per uno come lui!"
"Infatti," dice la nonna. Poi continua: "Luca, amore, non mangi più? Non ti piace?"
"No, non ho più fame. Andiamo, papà, spero di vedere quel bastardo per l'ultima volta nella mia vita!"
"Luca!" esclama la nonna. "Che parole sono queste?"
Luca risponde: "È la verità."
I nonni si guardano e sospirano.
Fabrizio finisce di mangiare velocemente. Poi si alza, e va verso la porta. I nonni salutano figlio e nipote(i) e poi li guardano dalla finestra mentre camminano verso casa.

allegro	heiter
teso	angespannt
svuotare	entleeren
scatolone *m*	Karton
roba *f*	Kram
abbassare	senken

Das Wort **il/la nipote** bedeutet sowohl *Enkelkind* als auch *Neffe/Nichte.*

Esercizio 7: Contrari. Wie lautet das Gegenteil? Ordnen Sie zu!

1. ☐ basso a) triste
2. ☐ ultimo b) lento
3. ☐ veloce c) lungo
4. ☐ allegro d) alto
5. ☐ breve e) primo

Nell'**agenzia immobiliare** c'è musica soft. Dalla vetrina si vedono persone che camminano velocemente sul marciapiede, le macchine ferme ai **semafori**, gli autobus alle fermate: un tipico lunedì mattina su Viale Vittorio Emanuele.

> **Viale Vittorio Emanuele** ist eine der wichtigsten und imposantesten Alleen von Bergamo, die die Oberstadt und die Unterstadt verbindet.

Silvia e Dario Gentili sono seduti su un divanetto e aspettano il loro turno. Lei è **incinta** e lui la accarezza dolcemente sulla pancia. Mentre aspettano leggono delle riviste di **arredamento**.

> Die gebräuchlichsten Nachsilben zur Verkleinerung von Substantiven sind *–ino* und *-etto*, z. B.: **un divanetto** (ein kleines Sofa), *un tavolino* (ein kleiner Tisch). Manchmal können diese zwei Nachsilben sogar kombiniert werden, z. B.: *un tavolinetto.*

"Ti piace questa cucina?" domanda lei.
Lui guarda la foto sulla rivista con attenzione e poi risponde:

"Mah, non so... mi sembra un po' troppo moderna, non trovi?"
"A me piace lo stile moderno. Lo trovo elegante," risponde lei.
"Beh, dipende," continua lui, ma la voce del giovane **agente immobiliare interrompe** la conversazione:
"I signori Gentili?"
"Sì," risponde la coppia.
"Prego, venite nel mio ufficio," dice il ragazzo. "Mi dispiace se avete dovuto aspettare un po'."
"Ma no, **Si figuri**," dice Dario. "Noi siamo arrivati un po' **in anticipo**."
Si siedono davanti alla scrivania del ragazzo e lui gira lo **schermo** del computer verso di loro.
"Ho buone **notizie**," dice con un sorriso. "C'è una casa **adatta a** voi. È una **villetta a schiera** in Via Orio."
"È vicina all'aeroporto?" domanda Dario Gentili.
"Sì, ma non troppo vicina. È **esposta** a sud-ovest, quindi avete il sole tutto il giorno. È **spaziosa**, ma non troppo grande: sono cento metri quadrati più il giardino. Guardate le foto."

agenzia *f* **immobiliare**	Immobilienbüro
semaforo *m*	Verkehrsampel
incinta	schwanger
arredamento *m*	Einrichtung
agente *m/f* **immobiliare**	Immobilienmakler(in)
interrompere	unterbrechen
Si figuri!	Kein Problem! Nicht der Rede wert!
in anticipo	zu früh, vorzeitig
schermo *m*	Bildschirm
notizia *f*	Nachricht
adatto a	geeignet, passend
villetta *f* **a schiera**	Reihenhaus
esposto a	gelegen nach
spazioso	geräumig

Der internationale **Flughafen Orio al Serio** in Bergamo liegt nur 45 km von Mailand entfernt und spielt somit eine wichtige Rolle für die lombardische Hauptstadt.

La coppia guarda le foto con interesse. L'agente continua: "È su due piani più **palestra** al piano **interrato**, è completa di due box auto. A sud **confina** con un parco pubblico e nelle vicinanze ci sono scuole, due supermercati e un **centro commerciale**."

palestra *f*	Fitnessstudio
piano *m* **interrato**	Kellergeschoss
confinare	(an)grenzen
centro *m* **commerciale**	Einkaufszentrum
proprietario *m*	Besitzer
istruttore *m*	Trainer

"È davvero bella, vero Dario?" dice Silvia Gentili.
"Sì," risponde suo marito. "Quando possiamo vederla?"
"Anche oggi pomeriggio se volete. Devo telefonare al **proprietario** e prendere un appuntamento."
"Sì, oggi abbiamo preso una giornata libera al lavoro. Quindi non abbiamo problemi di orario."
"Benissimo," dice l'agente. "Il Signor Mancini è **istruttore** in una palestra e oggi lavora dalle 16:00 alle 22:00."

Esercizio 8: Che ore sono? Wie viel Uhr ist es? Verbinden Sie!

1. ☐ Sono le 14:00.	**a)** Sono le otto e un quarto.
2. ☐ Sono le 12:45.	**b)** Sono le otto meno venti.
3. ☐ Sono le 12:30.	**c)** Sono le due.
4. ☐ Sono le 19:40.	**d)** È l'una meno un quarto.
5. ☐ Sono le 20:15.	**e)** È mezzogiorno e mezzo.

ripostiglio *m*	Abstellkammer
attrezzo *m*	Gerät
taverna *f*	*hier:* Partykeller
sogno *m*	Traum

L'agente immobiliare telefona.
"Signor Mancini? Agenzia immobiliare "Casa Nuova". Abbiamo dei clienti interessati al Suo immobile. Possiamo venire oggi pomeriggio, diciamo alle 14:00 o alle 15:00... Va bene, perfetto! Allora ci vediamo alle 14:30. Arrivederci!"
Il pomeriggio la coppia va alla villetta insieme all'agente immobiliare.
È un bel pomeriggio di fine settembre.
Toni Mancini va ad aprire la porta. È un bell'uomo alto e muscoloso. Ha i capelli castani corti e gli occhi verdi(i).
"Prego," dice con un sorriso. "Entrate, venite. Questo è il soggiorno. Come vedete è molto luminoso."
"Che bello!" dice Silvia entusiasta.
L'agente immobiliare mostra la casa insieme al proprietario. Al piano di sopra ci sono due camere da letto, un **ripostiglio** e un bagno molto grande. Parlano dei dettagli tecnici e delle possibilità di arredamento.

> (i) Wenn man das **Aussehen von Personen** beschreibt, werden die verschiedenen Merkmale mit dem bestimmten Artikel benannt, z. B.: *Mia sorella ha i capelli castani e gli occhi azzurri.*

"Questa va bene come camera per i bambini," dice Silvia in una delle due camere. "È molto luminosa."
"Sì," risponde suo marito.
Per ultimo vanno al piano interrato.
"Questa è la mia palestra privata, il fitness è il mio lavoro," dice Toni Mancini. "Però quando porto via tutti gli **attrezzi** la sala è grande. Qui si può fare una bella **taverna**. Su quella parete si può mettere un camino."
"Un camino, sì! È sempre stato il mio **sogno**!" esclama Silvia entusiasta.

"Quello è un piccolo bagno di servizio," dice l'agente immobiliare. "E lì accanto c'è anche una cantina per il vino."
"Sì, quella l'ho fatta da poco, circa due anni fa," **aggiunge** il proprietario. "Ho fatto un viaggio **enogastronomico** in Toscana e **mi sono appassionato**. Così ho deciso di costruire una cantina a regola d'arte(i), con un **impianto** speciale che tutto l'anno mantiene la temperatura ideale per la conservazione del vino.

aggiungere	hinzufügen
enogastronomico	weingastronomisch
appassionarsi	sich begeistern
impianto *m*	Anlage
intendersi di	sich auskennen mit
scelta *f*	Wahl
compravendita *f*	An- und Verkauf
notaio *m*	Notar
firma *f*	Unterschrift
consegna *f*	Abgabe

"Wow!" dice Dario Gentili. "Io non **m'intendo di** vini, ma una cantina così è davvero fantastica!"
Dopo che finiscono il giro della casa e del giardino Silvia e Dario Gentili chiedono di rimanere da soli fuori per parlare un po'. Dopo dieci minuti tornano dentro e dicono felici:
"Abbiamo deciso: la prendiamo!"
"Un'ottima **scelta**! Congratulazioni!" dice l'agente.
"Perfetto!" dice anche il proprietario.
Poi si siedono nel soggiorno per discutere i dettagli della **compravendita**.

(i) Der Ausdruck **a regola d'arte** (*fachgerecht, nach allen Regeln der Kunst*) wird verwendet, wenn etwas nach allen Kriterien, die für richtig und angemessen gehalten werden, gebaut oder ausgeführt wird.

Un mese dopo la coppia, l'agente immobiliare e il proprietario Toni Mancini sono nell'ufficio del **notaio**.
Dopo le **firme** c'è finalmente la **consegna** delle chiavi.

ristrutturare	renovieren
pittura *f*	Anstrich
bacio *m*	Kuss
affare *m*	Geschäft
ristrutturazione *f*	Renovierung
ingrandire	vergrößern
rimpicciolire	verkleinern

All'uscita mentre tutti vanno al parcheggio Toni domanda alla coppia:
"Avete già pensato a come **ristrutturare** la casa? Volete cambiare qualcosa?"
"Beh, rimoderniamo i bagni, rifacciamo la **pittura** ai muri. Ma per il resto lasciamo tutto così. La casa è perfetta!" dice Dario Gentili.
"Sì, infatti! E naturalmente mettiamo il camino nella taverna!" aggiunge Silvia.
"Bene!" risponde Toni. "Sono contento. Anche per me la casa è perfetta così. Mi dispiace lasciarla, ma sono anche contento di iniziare una nuova vita da un'altra parte, in un paese caldo. L'inverno freddo di Bergamo non è per me!"
Dopo poco arrivano alle macchine (i) e si salutano.
"Andiamo subito a casa?" domanda Dario.

Obwohl die offizielle Bezeichnung für Auto *automobile* lautet, sprechen die Italiener meist von **macchina**.

"Quale casa?" risponde Silvia.
"Casa nostra!" dice Dario e mostra alla moglie le chiavi della villetta.
"Certo! Casa nostra! Come suona bene!" risponde la donna. Si danno un **bacio** e poi partono verso la villetta.
Una settimana dopo Silvia e Dario Gentili sono nella villetta insieme a un loro amico architetto. Sono nella taverna.
"Complimenti," dice l'amico. "Avete fatto un ottimo **affare**! La casa è davvero bella e non serve una grande **ristrutturazione**. Ho solo un consiglio per la taverna. Oltre al camino secondo me si può **ingrandire** un po' il bagno."
"Ma non vorrei **rimpicciolire** la sala," risponde Silvia.

"Non serve," dice l'amico architetto. "Potete ingrandire il bagno dall'altra parte."
"Tu dici di **togliere** la cantina?" domanda Dario.

togliere	wegtun, wegnehmen
ospitare	zu Gast haben

"Ma sì, nessuno di voi due beve vino, né s'interessa di vino. A cosa vi serve?"

Wenn zwei Infinitive aufeinanderfolgen, verliert der erste Infinitiv die Endung *-e*. Z. B.: *Vado in Italia per **poter imparare** meglio l'italiano.*

"Beh, ma è fatta a regola d'arte. È sicuramente costata un bel po' di soldi con quell'impianto speciale per la temperatura del vino."
"Sì, ma se a voi non serve è inutile. È come avere una piscina in casa senza saper nuotare. Con un bagno più grande invece potete utilizzare la taverna anche per **ospitare** qualcuno, se necessario."
"Mmh, forse hai ragione," replica Dario. "Ci pensiamo un po'."

Esercizio 9: Traduzione. Übersetzen Sie die Begriffe!

1. Küche ______________________

2. Wohnzimmer ______________________

3. Bad ______________________

4. Schlafzimmer ______________________

5. Kinderzimmer ______________________

6. Abstellkammer ______________________

7. Keller ______________________________

8. Partykeller ______________________________

9. Schwimmbad ______________________________

4 Una scoperta terribile

È una mattina grigia di metà novembre.
Oggi cominciano i lavori di ristrutturazione della villetta.
Alle 7:30 del mattino i signori Gentili arrivano alla villetta per fare entrare i tre **operai** della **ditta edile**.
Il **capocantiere** informa i signori sullo **svolgimento** dei lavori:
"Cominciamo dalla taverna perché quello è il lavoro più grande."
I signori Gentili vogliono far mettere un camino e poi hanno deciso di seguire il consiglio del loro amico architetto: eliminare la cantina e ingrandire il bagno.

operaio *m*	Arbeiter
ditta *f* **edile**	Baufirma
capocantiere *m*	Bauleiter
svolgimento *m*	Ablauf
sporco	schmutzig

"Cominciamo a demolire la parete che divide la cantina dal bagno. Questo è il lavoro più rumoroso e **sporco**."
"Va bene," dice Dario Gentili. "Allora ci vediamo oggi pomeriggio alle 17:30 dopo il lavoro. Per qualsiasi cosa potete telefonare a me o a mia moglie."
"Avete anche il mio numero di cellulare?" domanda Silvia Gentili.
"Sì, signora, l'ho memorizzato insieme a quello di Suo marito," risponde il capocantiere.
"Benissimo," dice Dario Gentili. "Allora buon lavoro e buona giornata!"
"Grazie, anche a voi," rispondono gli operai.

Esercizio 10: Cruciverba. Übersetzen Sie die Wörter und finden Sie das Lösungswort!

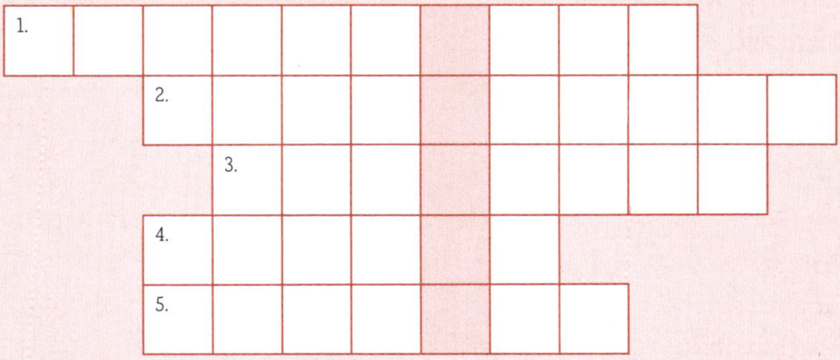

1. vergrößern **2.** Architekt **3.** Baustelle
4. Wand **5.** Arbeiter

Lösungswort: ☐☐☐☐☐

I due operai stanno demolendo la parete. **Indossano** delle **maschere protettive** per non **respirare** quell'aria piena di **polvere**.

"Che **odore** strano," dice poi uno. L'altro tira giù la maschera e replica:

"Odore? È una **puzza insopportabile**!"

Si allontanano un po' dalla parete rotta **avvolta** dalla polvere. Dopo qualche minuto la polvere **si posa** e uno dei due operai esclama:

indossare	tragen
maschera *f* **protettiva**	Schutzmaske
respirare	(ein)atmen
polvere *f*	Staub
odore *m*	Geruch
puzza *f*	Gestank
insopportabile	unerträglich
allontanarsi	sich entfernen
avvolto	gehüllt
posarsi	sich legen

"Oddio!"
"Che c'è?" domanda l'altro.
"Guarda lì... il muro..."
"Santo cielo!" esclama l'altro.
Dal pezzo di parete rotto esce fuori una mano. Si vede **brillare** un **anello** d'oro.
"Capo! Capo!" chiama uno dei due.

Der Ausdruck **Oddio**! (*Oh Gott!*) stammt aus den zwei einzelnen Wörter *Oh Dio!* Mittlerweile wird der Ausdruck gerne zusammengeschrieben.

brillare	glänzen
anello *m*	Ring
raggiungibile	erreichbar
riunione *f*	Sitzung

Il capocantiere arriva e non crede ai suoi occhi.
"Chiamiamo la polizia!" esclama un operaio.
Il capocantiere dice però:
"Secondo me dobbiamo chiamare prima i proprietari."
"Sì, il capo ha ragione," dice l'altro.
Provano a chiamare Dario Gentili, ma il numero non è **raggiungibile**.
"Chiama la moglie!" dice un operaio.
"Ma è incinta! Non voglio darle una notizia simile..."
"Ma forse lei sa come raggiungere il marito..." dice l'altro.
Il capocantiere allora telefona a Silvia Gentili.
"Pronto?" risponde subito la voce della signora.
"Signora Gentili, sono Busca della ditta edile."
"Ah signor Busca, ci sono problemi?"
"Diciamo di sì... devo parlare con Suo marito, ma il cellulare non è raggiungibile."
"Mio marito è in **riunione**. Può dire a me."
"No, mi dispiace, è una cosa complicata e devo parlare con lui. È urgente."

Non credere ai propri occhi bzw. *ai propri orecchi* drückt großes Erstaunen aus, wenn man etwas Unglaubliches sieht oder hört.

Silvia Gentili è un po' irritata. È sempre lo stesso con gli operai, parlano di lavoro solo con gli uomini.

offendere	beleidigen
imbarazzato	verlegen
interrompere	unterbrechen
pallido	blass

"Signor Busca, che cosa significa molto complicata? Secondo Lei io sono stupida?" dice allora in tono un po' brusco.

"Ma no, non volevo **offenderla**, signora Gentili. Mi scusi tanto, però io devo assolutamente parlare con Suo marito. È davvero urgente," risponde l'uomo **imbarazzato**.

Dopo una piccola pausa la signora risponde:

"Va bene, provo a telefonare alla sua segretaria e La faccio richiamare."

Durch die Ergänzung der **Vorsilbe *ri-*** wird bei Verben eine Wiederholung dargestellt. Im Deutschen wird *ri-* je nach Zusammenhang mit „wieder" oder „zurück" ausgedrückt. Z. B.: *ridare* (zurückgeben), *ricominciare* (wieder anfangen).

Dopo dieci minuti circa il signor Gentili telefona al capocantiere. Questo lo informa della macabra scoperta.

Il signor Gentili **interrompe** la riunione per motivi urgenti e corre alla villetta. Gli sembra tutto così surreale!

Mentre scende le scale della taverna sente un odore terribile. Resta lì per pochi secondi e torna su. Esce in giardino a prendere aria.

"Sta bene, signor Gentili?" gli domanda un operaio. "È così **pallido**. Vuole un bicchiere d'acqua?"

"Sì, grazie," dice Dario Gentili a voce bassa. Poi si siede in giardino su una vecchia sedia di plastica.

Beve un po' d'acqua e fa il numero della polizia.

Esercizio 11: Parole in disordine. **Lesen Sie weiter und ordnen Sie die Buchstaben zu sinnvollen Wörtern!**

Il **1.** orgino ___*giorno*___ dopo Toni Mancini sta mettendo le ultime **2.** ocse ____________________ nella **valigia**. Dopo la vendita della **3.** asca ____________________ è tornato ad abitare da sua **4.** derma ____________________ in attesa di ricevere il **visto** per la Repubblica Dominicana. Adesso finalmente tutto è pronto: ha un posto **prenotato** per domani sul **5.** olvo ____________________ per Santo Domingo con **scalo** a Madrid.

Mentre prepara il **bagaglio a mano** suonano alla porta.
"Mamma! Vai tu ad aprire?" dice Toni dalla camera.
Dopo qualche secondo sente la porta che si apre e delle voci maschili che parlano insieme a quella della madre.
Esce dalla camera. Due uomini vanno velocemente verso di lui e gli mettono le **manette**. Il terzo, con un **distintivo** in mano, dice:
"Squadra omicidi. Toni Mancini, La dichiaro **in arresto**. È **sospettato** dell'**omicidio** di Gabriella Orsini."
Toni non ha il tempo di reagire.
Sua madre urla:

Wenn man den Begriff **squadra** (Mannschaft) hört, denkt man in erster Linie an Sport. Das Wort wird jedoch auch allgemein im Sinne von *Team, Gruppe* verwendet. Mit *squadra omicidi* ist die Mordkommission gemeint.

Im Italienischen ist es möglich, in einem Satz die dreifache **Verneinung** zu haben. Der Sinn des Satzes bleibt dabei negativ. Z. B.: *Non ho mai detto niente a nessuno!* (Ich habe noch nie jemandem etwas verraten!)

"Ma non è vero niente! Questo è mio figlio! Non ha mai fatto niente di male a nessuno! State facendo un grande errore!"

"Stai tranquilla, mamma," dice Toni. "Io non ho fatto niente. Devi chiamare l'**avvocato** Mazza!"

valigia *f*	Koffer
visto *m*	Visum
prenotato	gebucht, reserviert
scalo *m*	Zwischenstopp
bagaglio *m* **a mano**	Handgepäck
manette *f pl*	Handschellen
distintivo *m*	Dienstmarke
in arresto	verhaftet
sospettare	verdächtigen
omicidio *m*	Mord
avvocato *m*	Anwalt
in borghese	in Zivil
interrogatorio *m*	Vernehmung
favola *f*	Märchen

Gli agenti **in borghese** fanno entrare l'uomo nella macchina e si siedono accanto a lui. Il commissario si mette alla guida.

Al commissariato comincia l'**interrogatorio**. Il commissario non racconta subito del ritrovamento del corpo.

Toni Mancini dice:

"Io non so niente della scomparsa di Gabriella. Due anni fa l'ho accompagnata alla stazione per prendere il treno. È scesa dalla macchina e mi ha salutato. L'ho vista entrare in stazione e sono ripartito. Da quel momento non ho più saputo niente di lei."

"Questa **favola** la conosciamo già: l'ha raccontata anche due anni fa ai tempi della scomparsa," dice il commissario con tono sarcastico.

Sapere kann je nach Zusammenhang *wissen* oder *erfahren* bedeuten.

"Non è una favola, è la veri-

tà," risponde Toni con voce tranquilla.
"I vicini dicono che c'erano spesso liti fra voi," continua il commissario.
"Tutte le coppie **litigano**, è normale," risponde lui.
"Questo è sicuro. Non è normale però **uccidere** la propria compagna e **murarla** in cantina," continua il commissario. "Abbiamo trovato il corpo."

litigare	(sich) streiten
uccidere	töten, ermorden
murare	einmauern
scuro	*hier:* düster
obitorio *m*	Leichenschauhaus
effettuare	durchführen
riconoscimento *m*	*hier:* Identifizierung
dito *m*	Finger
lacrima *f*	Träne

La faccia di Toni Mancini si fa **scura**.
"Non ha niente da dire?" domanda il commissario.
"Voglio parlare con il mio avvocato," risponde l'uomo con voce dura.

Fabrizio Orsini arriva a casa dei suoi genitori. La mamma lo aspetta sulla porta. È nervosa, appena lo vede gli chiede: "Allora?"
"Dov'è Luca?" domanda il figlio prima di rispondere.
"È a casa di un suo compagno di classe," dice la madre. "Possiamo parlare. Era lei?"
Fabrizio fa segno di sì con la testa, poi comincia a piangere. La mamma lo abbraccia forte.
È appena tornato dall'**obitorio**.
Ha dovuto **effettuare** un **riconoscimento** ufficiale del corpo ritrovato nella villetta di Toni Mancini. Era il corpo di Gabriella, la sua ex moglie.
"Aveva al **dito** l'anello che le ho regalato quando ci siamo conosciuti," dice Fabrizio. Poi continua fra le **lacrime**:

"Quel mostro ha detto al commissario che Gabriella voleva tornare a casa da me e Luca. Per questo l'ha uccisa."
La madre lo abbraccia ancora più forte. Due lacrime silenziose scendono anche sul suo viso.

Esercizio 12: Il gioco delle coppie. Verbinden Sie die Begriffe, die zusammenpassen!

1. ☐ la lacrima	a) sbagliare
2. ☐ la domanda	b) cominciare
3. ☐ l'errore	c) uccidere
4. ☐ l'inizio	d) chiedere
5. ☐ la morte	e) piangere

Test finale
Soluzioni
Glossario
Indice degli esercizi

Test finale

Esercizio 1: L'intruso. **Welches Wort passt nicht in die Reihe? Finden Sie das „schwarze Schaf"!**

1. bagno cucina soggiorno letto
2. appartamento alloggio balcone casa
3. negozio bar ristorante trattoria
4. telefono Internet cellulare telefonino
5. scheletro morto teschio ossa
6. investigatore giornalista agente ispettore

Esercizio 2: Parole della stessa famiglia. **Welche Substantive haben denselben Stamm wie die Verben? Schreiben Sie auf!**

1. salutare s a l u t o
2. viaggiare _ _ _ _ _ _ _
3. divertirsi _ _ _ _ _ _ _ _ _ _ _ _
4. laurearsi _ _ _ _ _ _
5. cadere _ _ _ _ _ _

Esercizio 3: Pronomi diretti. Ersetzen Sie das unterstrichene Objekt durch das richtige Pronomen!

1. I ragazzi cercano il cane e trovano il cane nel casale.

   I ragazzi cercano il cane e *lo trovano nel casale*.

2. La polizia scientifica prende i vestiti e analizza i vestiti in laboratorio.

   La polizia scientifica prende i vestiti e ______________________

   ______________________.

3. Andrei promette alle ragazze un lavoro e porta le ragazze in Italia.

   Andrei promette alle ragazze un lavoro e ______________________

   ______________________.

4. A Elena piace 'Chi l'ha visto?' e guarda 'Chi l'ha visto?' regolarmente.

   A Elena piace 'Chi l'ha visto?' e ______________________

   ______________________.

5. Elena vede la giacca in TV e riconosce la giacca.

   Elena vede la giacca in TV e ______________________.

Esercizio 4: Il gioco delle coppie. Ordnen Sie jedem Adjektiv sein Gegenteil zu!

1. ☐ basso — a) strano
2. ☐ spettacolare — b) anziano
3. ☐ vuoto — c) agitato
4. ☐ giovane — d) banale
5. ☐ normale — e) pieno
6. ☐ tranquillo — f) alto

Esercizio 5: La griglia. Finden Sie im Gitternetz sechs Eissorten!

N	P	I	S	T	A	C	C	H	I	O	I	F
O	A	V	F	A	N	P	E	R	G	U	A	I
C	N	E	R	I	F	L	I	D	I	P	L	O
S	T	R	A	C	C	I	A	T	E	L	L	A
A	L	I	G	S	I	M	I	A	G	F	Z	I
L	C	I	O	C	C	O	L	A	T	O	I	S
A	T	E	L	V	A	N	I	G	L	I	A	T
B	A	C	A	C	H	E	S	O	R	B	E	U

Soluzioni

Il morto senza nome

Esercizio 1: **1.** il **2.** la **3.** l **4.** i **5.** il

Esercizio 2: **1.** i ragazzi **2.** gli amici **3.** i cani **4.** le finestre **5.** le parti

Esercizio 3: **1.** la domanda **2.** la risposta **3.** il lavoro **4.** l'informazione (*f*) **5.** il saluto **6.** la chiamata

Esercizio 4: **1.** entra **2.** È **3.** sta **4.** si occupa **5.** è **6.** fa

Esercizio 5:

S	C	R	I	V	A	N	I	A
C	A	F	H	E	I	O	L	R
A	P	C	D	B	S	E	F	M
F	L	I	B	R	E	R	I	A
F	A	R	I	V	D	N	I	D
A	G	S	L	E	I	T	S	I
L	H	I	U	R	A	I	N	O
E	L	A	M	P	A	D	A	T

Esercizio 6: **1.** vero **2.** falso (I vestiti sono in condizioni miserabili.) **3.** falso (Nella giacca c'è un san-

tino.) **4.** vero **5.** falso (La donna probabilmente era straniera.)

Esercizio 7: **1.** sera **2.** caldo **3.** estate **4.** alta **5.** ventilatore

Esercizio 8: **1.** di **2.** al **3.** Nell' **4.** in **5.** a

Esercizio 9: **1.** cuore **2.** occhi **3.** mano **4.** testa **5.** piedi

Esercizio 10: **1.** Ho avuto **2.** ho letto **3.** ho cominciato **4.** ho pensato **5.** è riuscita **6.** ha incontrato

Esercizio 11:

					2. F		3. P					
	1. F				R		A					
	I				A		D					
	4. G	E	N	I	T	O	R	I				
	L				E		E					
	I				L			5. M	A	D	R	E
6. S	O	R	E	L	L	A						
					O							

La verità è una sola

Esercizio 1: **1.** Londra **2.** Roma **3.** Berlino **4.** Parigi **5.** Vienna

Esercizio 2: **1.** mercato **2.** galleria **3.** sorella **4.** crisi **5.** famiglia

Esercizio 3: **1.** È l'una./Sono le tredici. **2.** È mezzogiorno./Sono le dodici. **3.** Sono le nove e un quarto./Sono le nove e quindici. **4.** Sono le sette e tre quarti./Sono le sette e quarantacinque./Sono le otto meno un quarto.

Esercizio 4: **1.** piccola **2.** grandi **3.** bassa **4.** diverse

Esercizio 5: **1.** chiama **2.** sono **3.** pensa, vuole **4.** capisce **5.** sanno

Esercizio 6: **1.** c **2.** e **3.** b **4.** f **5.** a **6.** d

Esercizio 7: **1.** due giorni fa **2.** il mese scorso/passato **3.** tra/fra un anno **4.** la settimana prossima **5.** ogni domenica/tutte le domeniche

Esercizio 8: **1.** b **2.** d **3.** a **4.** f **5.** c **6.** e

Esercizio 9: **1.** da **2.** con/per **3.** Sul **4.** all' **5.** a

Esercizio 10: **1.** vero **2.** falso (È morta per l'urto contro il marmo della cucina.) **3.** falso (La causa della caduta non è chiara.) **4.** falso (Può tornare a casa tranquillo.) **5.** vero **6.** vero

Esercizio 11: **1.** Quella sera il turno comincia più tranquillamente del solito. **2.** La prima chiamata per Salvini arriva verso le dieci. **3.** Una signora avverte che due persone stanno litigando furiosamente. **4.** La signora abita al numero 7 di Via Arisio.

Esercizio 12: **1.** vicini **2.** campanello **3.** calendario **4.** libreria **5.** documento **6.** città

Lösung: verità

Una scoperta terribile

Esercizio 1: **1.** gelato **2.** prosciutto **3.** formaggio **4.** pomodori **5.** pizza

Esercizio 2: **1.** si alzano **2.** mi sveglio **3.** ci prepariamo **4.** ti diverti **5.** vi rilassate

Esercizio 3: casa: porta, finestra, sedia, specchio; macchina: sportello, finestrino, sedile, specchietto

Esercizio 4: **1.** morta **2.** seri **3.** tristi **4.** altra **5.** altro

Esercizio 5: **1.** riuscire **2.** nascere **3.** mettere **4.** prendere **5.** dire

Esercizio 6: **1.** al **2.** a **3.** fra **4.** in **5.** in

Esercizio 7: **1.** d **2.**e **3.** b **4.** a **5.** c

Esercizio 8: **1.** c **2.** d **3.** e **4.** b **5.** a

Esercizio 9: **1.** cucina **2.** soggiorno **3.** bagno **4.** camera da letto **5.** camera per i bambini **6.** ripostiglio **7.** cantina **8.** taverna **9.** piscina

Esercizio 10:

1. I	N	G	R	A	N	D	I	R	E		
		2. A	R	C	H	I	T	E	T	T	O
			3. C	A	N	T	I	E	R	E	
		4. P	A	R	E	T	E				
		5. O	P	E	R	A	I	O			

Lösungswort: DITTA (*Firma*)

Esercizio 11: **1.** giorno **2.** cose **3.** casa **4.** madre **5.** volo

Esercizio 12: **1.** e **2.** d **3.** a **4.** b **5.** c

Test finale

Esercizio 1: **1.** letto **2.** balcone **3.** negozio **4.** Internet **5.** morto **6.** giornalista

Esercizio 2: **1.** saluto **2.** viaggio **3.** divertimento **4.** laurea **5.** caduta

Esercizio 3: **1.** ...e lo trovano nel casale. **2.** ... e li analizza in laboratorio. **3.** ... e le porta in Italia. **4.** ... e lo guarda regolarmente. **5.** ... e la riconosce.

Esercizio 4: **1.** f **2.** d **3.** e **4.** b **5.** a **6.** c

Esercizio 5:

N	P	I	S	T	A	C	C	H	I	O	I	F
O	A	V	F	A	N	P	E	R	G	U	A	I
C	N	E	R	I	F	L	I	D	I	P	L	O
S	T	R	A	C	C	I	A	T	E	L	L	A
A	L	I	G	S	I	M	I	A	G	F	Z	I
L	C	I	O	C	C	O	L	A	T	O	I	S
A	T	E	L	V	A	N	I	G	L	I	A	T
B	A	C	A	C	H	E	S	O	R	B	E	U

Glossario

↯	= umgangssprachlich
f	= feminin
m	= maskulin
pl	= Plural
irr	= unregelmäßiges Verb

a conduzione familiare	familiengeführt
a questo punto	jetzt, hier
a riguardo	diesbezüglich
a un patto	unter einer Bedingung
a vetri	Glas-
abbaiare	bellen
abbandonato	verlassen
abbassare	senken
abbracciare	umarmen
accappatoio *m*	Bademantel
accarezzare	streicheln
accendere *irr*	anmachen, einschalten
accensione *f*	Einschalten
↯ **Accidenti!**	Verdammt!
accompagnare	begleiten
accorgersi *irr* **di**	(be)merken
adatto	geeignet, passend
adulto *m*	Erwachsene
affare *m*	Geschäft
agente *m/f* **immobiliare**	Immobilienmakler/in

agenzia *f* **immobiliare**	Immobilienbüro
aggiungere	hinzufügen
aggrapparsi a qc./qu.	sich an etw./jmd. festklammern
agitato	aufgeregt, unruhig
allacciare	anschnallen
allegro	heiter
alloggio *m*	Unterkunft
allontanarsi	sich entfernen
almeno	mindestens, wenigstens
altezza *f*	Höhe
amante *m/f*	Liebhaber/in
amarezza *f*	Bitterkeit
amicizia *f*	Freundschaft
ammalarsi	krank werden
andare *irr* **a trovare qu.**	jmd. besuchen (gehen)
anello *m*	Ring
annullare	absagen
annunciare	ankündigen
annuncio *m*	Ankündigung
anzi	im Gegenteil
anziano	alt
appassionarsi	sich begeistern
appoggiare	stellen, legen
appuntamento *m*	Verabredung, Termin
arrabbiato	wütend, verärgert
arredamento *m*	Einrichtung
arrugginito	verrostet
asciugarsi	sich abtrocknen
aspirante	angehend
attrezzo *m*	Gerät
avere *irr* **addosso**	anhaben
avere *irr* **l'acquolina in bocca**	das Wasser im Munde zusammen laufen

avere *irr* **ragione**	Recht haben
avvenimento *m*	Ereignis
avvertire	benachrichtigen
avvocato *m*	Anwalt
avvolto	gehüllt
avvoltoio *m*	Geier
bacio *m*	Kuss
badante *m/f*	Altenpfleger/in
bagaglio *m* **a mano**	Handgepäck
battere	schlagen
battere la testa	mit dem Kopf aufschlagen
binario *m*	Gleis, Schiene
boscaglia *f*	Gehölz, Dickicht
botta *f*	Schlag
bottone *m*	Knopf
braccio *m*	Arm
breve	kurz
brillare	glänzen
buco *m*	Loch
bugia *f*	Lüge
bussare	klopfen
busta *f*	Umschlag
cadavere *m*	Leiche
cadere	(hin)fallen, stürzen
caduta *f*	Sturz, Fall
calmare	beruhigen
calore *m*	Wärme
campagna *f*	Land
campanello *m*	Klingel
campo *m*	*hier:* Empfang; Blickfeld
cancellare	(aus)löschen
candelina *f*	Geburtstagskerze, kleine Kerze
cane *m* **da guardia**	Wachhund

capacità *f*	Fähigkeit
capocantiere *m*	Bauleiter
capogiro *m*	Schwindel(anfall)
cappio *m*	Schlinge
cappotto *m*	Mantel
cappuccio *m*	Kapuze
carezza *f*	Liebkosung
cartello *m* **di uscita**	Ausfahrtschild
cartolina *f*	Postkarte
casa *f* **di cura**	Pflegeheim
casolare *m*	(abgelegenes) Landhaus
cassetto *m*	Schublade
cellulare *m*	Handy
centro *m* **commerciale**	Einkaufszentrum
cervello *m*	Gehirn
cespuglio *m*	Busch, Strauch
chiarimento *m*	Erklärung; Aussprache
chiodo *m*	Nagel
chissà	wer weiss
chiudersi *irr*	sich schließen
cima *f*	Gipfel
cintura *f*	Gürtel
cintura *f* **di sicurezza**	Sicherheitsgurt
citofono *m*	Sprechanlage
cliente *m/f*	Kunde/Kundin
colle *f*	Hügel
colorato	bunt
colpa *f*	Schuld
colpo *m*	Schlag, Stoß
compagno *m*	Lebenspartner
compare *m*	Kumpan
compassione *f*	Mitgefühl
competente	zuständig

compleanno *m*	Geburtstag
compravendita *f*	An- und Verkauf
comunicato *m*	Mitteilung
comunque	jedenfalls
condizione *f*	Zustand
confermare	bestätigen
confessare	gestehen
confinare	(an)grenzen
confronto *m*	Abgleichung
consegna *f*	Abgabe
conseguenza *f*	Folge
consolare	trösten
contare su qu./qc.	auf jmd./etw. zählen
convincente	überzeugend
convincere *irr*	überzeugen
coraggio *m*	Mut
corda *f*	Seil
corsa *f*	Rennen
cortile *m*	Hof
costretto	gezwungen
cronaca *f*	Berichterstattung
curioso	neugierig
d'ingresso	Eingangs-
d'oro	aus Gold, golden
ϟ **da urlo**	zum Schreien
dal basso	von unten
ϟ **dannato**	verdammt
dare *irr* **importanza a qc.**	etw. Bedeutung beimessen
dare *irr* **la colpa a qu./qc.**	jmd./etw. die Schuld geben
dare *irr* **notizie**	sich melden
debole	schwach
delitto *m*	Straftat
deludere *irr*	enttäuschen

denuncia *f* **di scomparsa**	Vermisstenanzeige
descrivere	beschreiben
descrizione *f*	Beschreibung
desiderio *m*	Wunsch
desolato	bekümmert, tief betrübt
detto *m*	Spruch
di colpo	plötzlich
diario *m*	Tagebuch
digitare	eintippen
discesa *f*	Abfahrt
disegno *m*	Zeichnung
distintivo *m*	Dienstmarke
distrarsi *irr*	sich ablenken
dito *m*	Finger
ditta *f* **di moda**	Modefirma
ditta *f* **edile**	Baufirma
divertimento *m*	Spaß, Unterhaltung
documento *m* **d'identità**	Ausweis
dolore *m*	Schmerz, Leid
domestico	Haus-
dovere *m*	Pflicht
drago *m*	Drache
dubbio *m*	Zweifel
ecopelle *f*	Kunstleder
edificio *m*	Gebäude
effettuare	durchführen
elenco *m*	Liste
emotivo	emotional
ennesimo	x-ter
enogastronomico	weingastronomisch
entrare in servizio	den Dienst antreten
equilibrio *m*	Gleichgewicht
esagerare	übertreiben

esclamare	ausrufen
escludere *irr*	ausschließen
esperienza *f*	Erfahrung
esporre *irr*	ausstellen
esposto a	gelegen nach
essere *irr* **cambiato**	verändert sein
essere *irr* **coinvolto**	verwickelt sein
essere *irr* **di turno**	Dienst haben
essere *irr* **fortunato**	Glück haben
essere *irr* **in confidenza con qu.**	mit jmd. vertraut sein
essere *irr* **in orario**	pünktlich sein
essere *irr* **in ritardo**	verspätet sein
essere *irr* **in vendita**	zum Verkauf stehen
essere *irr* **sfortunato**	Pech haben
età *f*	Alter
evitare	verhindern, vermeiden
famoso	berühmt
ϟ **far** *irr* **saltare**	erschrecken
fare *irr* **cenno di sì**	nicken
fare *irr* **compagnia**	Gesellschaft leisten
fare *irr* **le condoglianze a qu.**	jmd. sein Beileid aussprechen
fare *irr* **orario d'ufficio**	sich an Bürozeiten halten
fare *irr* **segno di sì**	nicken
fare *irr* **tardi**	sich verspäten
farsi *irr* **forza**	sich Mut machen
ϟ **farsi** *irr* **vivo**	sich melden
fatto *m*	Tatsache
favola *f*	Märchen
festeggiare	feiern
festone *m*	Girlande
fetta *f* **biscottata**	Zwieback
fidanzato *m*	Verlobter

finto	falsch; Kunst-
firma *f*	Unterschrift
fitto	dicht
fornello *m*	Herdplatte
forza *f*	Gewalt, Kraft
frattura *f*	Bruch
furto *m*	Einbruch
giornale *m*	Zeitung
girare	*hier:* kreisen; herumlaufen
girarsi	sich (um)drehen
giurare	schwören
godersi	genießen
graffiarsi	sich (auf)kratzen
guadagnare	verdienen
guaire	winseln
illuminarsi	sich aufhellen
imbarazzato	verlegen
immagine *f* **sacra**	Heiligenbild
immobile	regungslos
impallidire	erblassen
impazienza *f*	Ungeduld
impegno *m*	Verpflichtung
impianto *m*	Anlage
impiccagione *f*	Erhängen
impiccarsi	sich erhängen
impolverato	verstaubt
imprevisto *m*	Unvorhergesehene(s)
in anticipo	zu früh, vorzeitig
in arresto	verhaftet
in borghese	in Zivil
in cambio	als Gegenleistung; dafür
inciampare	stolpern
incidente *m*	Unfall

incinta	schwanger
incontro *m*	Treffen
indagine *f*	Ermittlung
indicare qu./qc.	auf jmd./etw. zeigen
indipendente	selbstständig
indossare	tragen
indovinare	erraten
ingrandire	vergrößern
innamorarsi di qu.	sich in jmd. verlieben
insistere per qc.	auf etw. bestehen
insonnolito	schläfrig
insopportabile	unerträglich
integrale	Vollkorn-
intendersi *irr* **di**	sich auskennen mit
interprete *m/f*	Dolmetscher(in)
interrogatorio *m*	Vernehmung
interrompere *irr*	unterbrechen
intervento *m*	*hier:* Redebeitrag; Einsatz
intestato	eingetragen, lautend auf
inutile	überflüssig
invece	dagegen
inventato	erfunden
investigatore *m*	Ermittler
invidia *f*	Neid
irrigidirsi	erstarren
irritato	gereizt
istruttore *m*	Trainer
lacrima *f*	Träne
ladro *m*	Dieb
lanciare	werfen
lasciare in eredità	vererben
libreria *f*	Bücherregal; Buchhandlung
lista *f* **della spesa**	Einkaufsliste

lite *f*	Streit
litigare	(sich) streiten
litigio *m*	Streit
luminoso	hell
⚡ **Macché!**	Ach was!
madrina *f* **di battesimo**	Taufpatin
madrina *f*	Patentante
magari	vielleicht
magistrato *m*	Richter
maglione *m*	Pullover
mancare	fehlen
manette *f pl*	Handschellen
marciapiede *m*	Bürgersteig
maschera *f* **protettiva**	Schutzmaske
materno	mütterlicherseits
matrimonio *m*	Ehe, Hochzeit
matto	verrückt
memoria *f*	Gedächtnis
mentire	lügen
meraviglioso	wunderbar
meritare	verdienen
messaggio *m*	Nachricht
mettere *irr* **in agitazione**	beunruhigen
mettersi *irr* **a fare qc.**	anfangen, etw. zu tun
minacciare	drohen
misericordia *f*	Barmherzigkeit
mito *m*	*hier:* Idol
mittente *m/f*	Absender(in)
molare *m*	Backenzahn
molestia *f*	Belästigung
mostra *f*	Ausstellung
motivo *m*	Grund
murare	(ein)mauern

muro *m* **a vista**	unverputzte Wand
nascondere *irr*	verstecken; verbergen
nascosto	versteckt
non dare *irr* **pace**	keine Ruhe geben
non resta che...	bleibt nichts anderes übrig als ...
nonostante	trotz
notaio *m*	Notar
notizia *f*	Nachricht
obitorio *m*	Leichenschauhaus
occuparsi di qu./qc.	sich mit jmd./etw. beschäftigen
⚡ **Oddio!**	Oh Gott!
odiare	hassen
odore *m*	Geruch
offendere *irr*	beleidigen
oltre a	zusätzlich zu
ombrello *m*	Regenschirm
omicidio *m*	Mord
onesto	ehrlich
opera *f*	Werk
operaio *m*	Arbeiter
ora... ora...	einmal... einmal...
origine *f*	Herkunft
ormai	nun, nunmehr, mittlerweile
orzo *m*	Gerste, Gerstenkaffee
ospitalità *f*	Gastfreundschaft
ospitare	zu Gast haben
osservazione *f*	Beobachtung
ottenere *irr*	bekommen, kriegen
paesaggio *m*	Landschaft
palestra *f*	Fitnessstudio
palla *f*	Ball
pallido	blass
palloncino *m*	Luftballon

↯ **pallone** *m* **gonfiato**	aufgeblasener Mensch, eingebildeter Affe
panna *f*	Sahne
parapetto *m*	Geländer
parente *m/f*	Verwandte(r)
parete *f*	Wand
pasticceria *f*	Konditorei
paterno	väterlicherseits
patrimonio *m* **mondiale**	Weltkulturerbe
paura *f*	Angst
pelle *f*	Leder
pellegrinaggio *m*	Pilgerreise
pensare in grande	im Großen denken
pensione *f*	Rente
per intenderci	damit wir uns verstehen
perdere *irr*	verlieren
perdita *f*	Verlust
pericoloso	gefährlich
pezzo *m*	Teil, Stück
piangere *irr*	weinen
piano *m* **interrato**	Kellergeschoss
picchiare	schlagen
pietrificato	versteinert
pittore *m*	Maler
pittura *f*	Anstrich; Malerei
polvere *f*	Staub
portafoglio *m*	Geldbeutel
portone *m*	Tor
posarsi	sich legen
prato *m*	Wiese
pregare	bitten, beten
preghiera *f*	Gebet
prendersi *irr* **la colpa**	die Schuld auf sich nehmen

prenotato	gebucht, reserviert
preoccuparsi	sich Sorgen machen
presentarsi	*hier:* erscheinen
prigione *f*	Gefängnis
probabile	wahrscheinlich
procurare	besorgen
promessa *f*	Versprechen
promettere *irr*	versprechen
proprietario *m*	Besitzer
purtroppo	leider
puzza *f*	Gestank
quadro *m*	Bild, Gemälde
quanto a...	bezüglich
raccontare	erzählen
rafforzare	verstärken
raggiungibile	erreichbar
rapporto *m*	Beziehung
rassegnazione *f*	Resignation, Ergebung
referto *m*	Bericht
registrazione *f*	Aufnahme
respirare	(ein)atmen
retro *m*	*hier:* Hinterhof
rianimare	wiederbeleben
riavvicinarsi	sich wieder näher kommen
ribattere	erwidern
richiesta *f* **di autorizzazione**	Bewilligungsantrag
riconoscimento *m*	*hier:* Identifizierung
ricordarsi di qu./qc.	sich an jmd./etw. erinnern
riempire	füllen
riempirsi	sich füllen
rimandare	verschieben
rimanere *irr*	bleiben
rimpicciolire	verkleinern

ripetersi	sich wiederholen
ripido	steil
ripostiglio *m*	Abstellkammer
rischio *m*	Risiko
risolversi *irr*	sich lösen
ristrutturare	renovieren
ristrutturazione *f*	Renovierung
ritenere *irr* **in pericolo**	in Gefahr wähnen
ritrovamento *m*	Auffinden, Entdeckung
riunione *f*	Sitzung
rivista *f*	Zeitschrift
rivolgersi *irr*	sich wenden
ϟ **Roba da matti!**	Nicht zu fassen!
roba *f*	Kram
rovinato	*hier:* verblasst; kaputt
rubare	stehlen
rumena *f*	Rumänin
rumore *m*	Geräusch
sala *f* **riunioni**	Sitzungsraum
salire	hochsteigen
saltare	(über)springen
santino *m*	Heiligenbild
ϟ **Santo cielo!**	Ach, du lieber Himmel!
sbrigare	erledigen
scala *f*	Treppe
scalo *m*	Zwischenstopp
scambiarsi	(aus)tauschen
scappare	flüchten, fliehen, weglaufen
scaricarsi	sich entladen
scartare	*hier:* auspacken
scatolone *m*	Karton
scegliere *irr*	wählen
scelta *f*	Wahl

schermo *m*	Bildschirm
schiena *f*	Rücken
(polizia) *f* **scientifica**	Spurensicherung
scomparire *irr*	verschwinden
scomparsa *f*	Verschwinden
scomparso	verschwunden, vermisst
scoperta *f*	Entdeckung
scoppiare a piangere	in Tränen ausbrechen
scoppiare in lacrime	in Tränen ausbrechen
scuotere *irr*	schütteln
scuotere *irr* **la testa**	den Kopf schütteln
scuro	*hier:* düster; dunkel
sdraiato	liegend
secondo me	meiner Meinung nach
sedia *f* **a rotelle**	Rollstuhl
segnalazione *f*	Meldung
segno *m* **di scasso**	Einbruchsspur
segno *m*	Zeichen
segreto *m*	Geheimnis
semaforo *m*	Verkehrsampel
sentirsi solo	sich allein fühlen
seppellire *irr*	begraben
sfruttatore *m*	*hier:* Zuhälter; Ausbeuter
sgualcito	zerknittert
Si figuri!	Kein Problem! Nicht der Rede wert!
sigillo *m*	Siegel
soffio *m*	Blasen, Puster
soffitto *m*	(Zimmer)decke
sogno *m*	Traum
sonno *m*	Schlaf
soppalco *m*	*hier:* Galerie (in der Wohnung)
sopralluogo *m*	Ortstermin
soprammobile *m*	Nippsachen

sopravvalutare	überschätzen
sopravvivere *irr*	überleben
sorpresa *f*	Überraschung
sorpreso	überrascht
sorridere *irr*	lächeln
sorriso *m*	Lächeln
sorvegliare	überwachen
sospettare	verdächtigen
sospetto *m*	Verdacht
sospirare	seufzen
sospiro *m*	Seufzer
sospiro *m* **di sollievo**	Seufzer der Erleichterung
sostegno *m*	Unterstützung
sottostante	darunterliegend
sparire	verschwinden
spaventare	erschrecken
spazio *m*	Platz, Fläche, Raum
spazioso	geräumig
spegnere *irr*	*hier:* auspusten; ausmachen
spento	ausgeschaltet
spesso	oft
spiegare	erklären
spingere *irr*	(hinunter)stoßen
splendere	strahlen
sporco	schmutzig
sposarsi	heiraten
spostare	umstellen, verrücken
squadra *f*	Team
squallido	öde, trist
squallore *m*	Öde, Trostlosigkeit
squillare	läuten, klingeln
stampa *f*	Presse
stanchezza *f*	Müdigkeit

stare *irr* **fermo**	ruhig bleiben
stare *irr* **tranquillo**	sich keine Sorge machen
stesso	der-, die, dasselbe
strano	komisch, seltsam
strappare	reißen
subaffitto *m*	Untermiete
succedere *irr*	passieren
suicidio *m*	Selbstmord
svolgimento *m*	Ablauf
svuotare	entleeren
taverna *f*	*hier:* Partykeller; Taverne
tela *f*	Leinwand
telecamera *f*	Videokamera
telegiornale *m*	Tagesschau
tentativo *m*	Versuch
terra *f*	*hier:* Boden; Erde
teschio *m*	Schädel, Totenkopf
teso	angespannt
testimone *m/f*	Zeuge/Zeugin
tirato su	hochgezogen
tocca a me	ich bin an der Reihe
togliere *irr*	wegtun, wegnehmen
traccia *f*	Spur
tradire	betrügen
tramontare	untergehen
tranne che	außer
trasferirsi	umziehen
trasferta *f*	*hier:* Dienstreise
trattarsi	sich handeln
tremante	zitternd
tristezza *f*	Traurigkeit
turno *m*	Schicht
tutto intorno	ringsum, rundum

ubriaco	betrunken
uccidere *irr*	töten, ermorden
(avere) una fame da lupi	einen Bärenhunger (haben)
urgente	dringend
urgenza *f*	Notfall
urlare	schreien
urto *m*	Stoß, Aufprall
usurato	abgenutzt
utile	nützlich
valigia *f*	Koffer
valore *m*	Wert
veloce	schnell
venire *irr* **a trovare qu.**	jmd. besuchen (kommen)
venire *irr* **alle mani**	handgreiflich werden
venire *irr* **in mente**	einfallen
verità *f*	Wahrheit
versare	einschütten
vettura *f*	Wagen, Wagon
vicino/a *m/f*	Nachbar(in)
vicolo *m* **cieco**	Sackgasse
vigliacco *m*	Feigling
villetta *f* **a schiera**	Reihenhaus
viso *f*	Gesicht
visto *m*	Visum
vistoso	auffällig
vuoto *m*	Leere
vuoto	leer

Indice degli esercizi